PRICE

D0784743

COLLECTION FOLIO

Éric Fottorino

L'homme qui m'aimait tout bas

Gallimard

Ce sont les mots qu'ils n'ont pas dits qui font les morts si lourds dans leur cercueil.

MONTHERLANT

1

Le 11 mars 2008 en fin de journée, dans un quartier nord de La Rochelle, mon père s'est tué d'un coup de carabine. Il avait garé sa voiture sur un parking et s'était installé à la place du passager, sans doute pour n'être pas gêné par le volant. Il a légèrement incliné son siège en arrière, a étendu ses jambes, glissé l'arme le long de son corps, porté le canon à sa bouche. Et puis d'un geste souple, lui qu'on appelait l'homme aux mains d'or quand il était « kinési » rue Bazoges, avec sa blouse blanche, son teint mat et son sourire étincelant d'homme du soleil, il a pressé la détente.

J'ignore ce qui me pousse à écrire ces quelques lignes, et à continuer. Tout est à la fois si confus et si clair. Mon père qui m'avait tant donné, à commencer par son nom, a choisi d'en finir ainsi. Au commissariat, avec mes deux jeunes frères François et Jean, le policier nous a montré la cartouche vide dans un sachet transparent. En fait pas une cartouche. Une balle de calibre douze utilisée pour la chasse au sanglier. Papa ne voulait pas se rater. Pourtant elle avait l'air inoffensive, cette tige de plastique rose, légère comme une plume. Le policier nous a parlé d'une carabine à un coup, un modèle très ancien au mécanisme peu courant. On s'est regardés, ça ne nous disait rien, cette carabine. Nos oncles et tantes ont pensé à la Buffalo concours, une arme des manufactures de Saint-Étienne que mon grand-père avait offert à son fils aîné pour son entrée en sixième, l'année de ses onze ans. J'ai calculé : 1948. En Tunisie, c'était un cadeau courant pour un garçon en âge de cavaler dans le chott el-Djérid derrière gazelles et mouflons. Mais non, ce n'était pas cette carabine. C'est idiot mais on a été soulagés de savoir que papa n'avait pas fait « ça » avec la Buffalo concours donnée par son propre père.

Le lendemain, au courrier, j'ai reçu une lettre. J'ai reconnu son écriture sur l'enveloppe. Depuis la veille j'avais gardé l'œil sec, je pleurais comme pleurent les grottes : à l'intérieur. Il était partout dans mon esprit, il me parlait, j'avais ses intonations dans l'oreille, son image animée puisqu'il vivait en moi, il était vivant, n'est-ce pas ? Sa lettre était pleine de choses qui font pleurer, alors ça n'a pas manqué. La digue a rompu. Je m'étais isolé pour la lire sans témoins. Il y avait aussi une lettre pour François et une lettre pour Jean. Il me chargeait de les leur remettre et j'ai pensé à cette expression, avoir charge d'âmes. C'est à mon adresse qu'il avait écrit leur nom et prénom, et soudain mon adresse m'a fait frémir. Ma maison se situe dans un ancien quartier militaire. Une rue calme. Rue du Tir.

C'est une phrase qui m'a ravagé, dans cette lettre incroyable de retenue et de lucidité chez cet homme qui avait décidé de se tuer et qui, sans trembler, avait écrit à chacun de ses fils et à quelques proches, d'une écriture exceptionnellement aérée, aérienne, comme s'il avait voulu que chaque mot puisse être déchiffré sans difficulté ni hésitation. Ce n'étaient pas ses pattes de mouche habituelles, mais des lettres amples tendues vers le ciel, tracées par quelqu'un qui respire à pleins poumons et sent la vie entrer en lui comme jamais à l'instant qu'il a choisi pour la quitter. Au total six courriers partis vers différents coins de France. Et curieusement, aucun ne porte de tampon, d'oblitération, de mention de lieu, d'heure ou de date. J'ignore encore les raisons de cette énigme. Était-ce le seul fait du hasard ou une volonté délibérée d'effacer ses traces, un arrangement avec le receveur des postes d'un village où il connaissait chacun, où il avait ici rééduqué une jambe, là soulagé une hanche, ailleurs délié une main ? Cette enveloppe immaculée a épaissi le mystère de sa mort, comme s'il avait lui-même déposé dans ma boîte aux lettres son ultime message, à plus de cinq cents kilomètres du lieu où il finissait de vivre.

Cette phrase qui m'a ravagé, qui a ouvert la vanne des sanglots, disait : « Chapeau Éric, il a fait du chemin le gamin du Grand-Parc », allusion à la cité où j'habitais avec ma mère à la fin des années 1960 à Bordeaux, avant qu'ils se rencontrent et se marient, avant qu'il m'adopte, qu'il nous donne son nom à elle et à moi, ce nom que je porte comme un talisman, qui sentait la Tunisie du Sud, les pâtisseries orientales, l'accent de là-bas, la chaleur et le bleu du ciel, les dunes de Tozeur et le miel, quelque chose d'infiniment généreux qui passait dans sa voix ou dans ses seuls gestes quand il estimait que les mots étaient en trop et qu'il préférait se taire, promenant seulement sur moi un regard d'une tendresse sans fond ou recherchant ma complicité d'un clin d'œil.

À l'époque je l'appelais encore Michel, sa smala de famille l'appelait Michou. Il était beau, plein de muscles et de douceur, naturellement bronzé, un visage fin et expressif, l'air débonnaire, tranquillement sûr de lui, de son charme, de sa force. Quelque chose d'un acteur de cinéma. Me vient une réplique d'Yves Montand dans *César et Rosalie*, à propos de Sami Frey : « On sent le type à l'aise, quoi. » Et Romy Schneider répondait : « Cela s'appelle le charme. » Maman paraissait heureuse avec lui. Un soir il est entré dans ma chambre et m'a dit en se raclant la gorge que si je voulais bien il serait mon père et que je pourrais l'appeler papa.

J'ai raconté cet instant de magie dans plusieurs de mes livres, et moi qui ne les relis jamais, je me suis précipité sur eux en cherchant fébrilement les pages où je le décrivais, une fois en marchand de cannes à pêche, une fois en ostréiculteur aux mains tailladées, une autre fois sans fard ni fiction, tel qu'en lui-même dans un livre dédié « À Michel Fottorino, mon père ». Mes mains tremblent chaque fois que je veux retrouver ces passages où il vit encore. Je cherche dans mes romans des preuves de vie, les preuves qu'il a vécu, que nous avons vécu ensemble heureux. J'ai réalisé à ce moment la dimension magique de l'écriture : les personnages ne vieillissent ni ne meurent.

Je revois cette scène qui ne figure dans aucun de mes livres. Michel et maman se connaissent depuis peu. Nous cheminons un soir de printemps le long de la Garonne. Nous avons dîné dans une guinguette et maintenant ils marchent devant moi, maman a passé son bras gauche à la taille de Michel, qui lui tient l'épaule. Soudain je les laisse s'éloigner jusqu'à ce qu'ils deviennent plus petits, serrés l'un contre l'autre. Leurs deux ombres ne font plus qu'une, penchée sur le miroir du fleuve. Alors je tends le bras et par le jeu de la distance ils marchent dans le creux de ma main. C'est ma vie que je tiens là, notre vie heureuse qui commence. J'aurai bientôt neuf ans et je viens de naître. Bientôt je m'appellerai Éric Fottorino, je suis le gamin du Grand-Parc qu'il vient chercher pour l'emmener au foot dans sa Simca bleue, celle qu'il gare le soir sous nos fenêtres et dont je vérifie avant de trouver le sommeil qu'elle ne part pas, qu'elle reste là, qu'il reste avec nous.

Je suis arrivé en fin de matinée à La Rochelle. Mes frères m'attendaient. Nous sommes partis à la morgue de l'hôpital. Dans le train j'ai récapitulé cette vie, la naissance de François, un 26 août comme moi, mais dix ans plus tard, François pour toujours mon cadeau d'anniversaire, et Jean, cadeau de Noël né un 30 décembre 1971, mes deux frères, jamais il ne nous viendrait à l'esprit de nous compter par demis.

C'est moi qui ai prévenu maman. Elle et mon père vivaient séparés depuis presque vingt-cinq ans. Le long cri de maman, au téléphone.

Un jour à Saint-Dié-des-Vosges, en 1997, au Salon international de géographie, j'ai rencontré par hasard Jean Arnautou dont le frère, Jean-Pierre, était un rhumatologue jadis associé à papa, du temps de la rue Bazoges à La Rochelle. Il avait connu mes parents dans les années 1970. Nous avions évoqué ce temps-là avec un peu de mélancolie puisqu'il n'y avait pas eu besoin d'un coup de fusil pour foudroyer leur ménage. Jean avait eu ces mots qui résonnent en moi aujourd'hui : Tes parents formaient le plus beau couple de La Rochelle. Souvenir inutile maintenant, et cruel

16

plus encore, malgré la photo en noir et blanc d'elle et lui que je possède, une photo magnifique, il sourit de toutes ses dents, avec ses cheveux aile de corbeau, ses mèches ondulées, et maman avec sa chair laiteuse, sa peau de rousse, son air facétieux et mutin, petite sœur de Marlène Jobert. Leurs yeux brillent. Ils sont gais, ils sont jeunes. Ils sont vivants.

2

Je me demande ce qu'il a fait toute la journée avant de se garer en fin d'après-midi sur ce parking. Et le jour d'avant. Et cette dernière nuit. Nicole, sa compagne, n'a rien remarqué. Il est parti comme d'habitude après son café du matin.

Papa, où es-tu allé, qui as-tu vu, pourquoi ce jour-là, précisément? Toutes ces heures à tuer, avant. As-tu hésité, douté, songé à renoncer? Sûrement pas, au contraire.

Je tente d'imaginer, mais l'imagination ne m'est d'aucun secours. Il n'a pas cherché à me joindre, pas plus que je n'ai songé à l'appeler. Je n'ai rien senti. J'entends encore la voix de Natalie, ma femme, au creux de mon oreille, ce soir-là. Elle a appelé. J'étais debout dans un train de banlieue, au milieu d'une travée. Sa voix : Il est arrivé quelque chose à ton père. Aussitôt j'ai dit : Il est mort. Ce n'était pas une question, plutôt une certitude. Natalie a répondu oui et avant que le téléphone soit coupé à l'entrée d'un tunnel, j'ai compris, j'ai su. Mais sur le coup, quand il a commis l'irréparable, non, je n'ai rien senti, je devais être à mon bureau, j'essaie de me remémorer ce que je faisais précisément à cet instant, mais à quoi bon, puisqu'il était déjà hors d'atteinte, avec son téléphone portable dont il ne se servait jamais, auquel il ne répondait pas, et dont je n'avais pas le numéro. Un à-coup de la rame m'a seulement fait perdre l'équilibre. Je me suis rattrapé de justesse à une poignée de métal. Je ne suis pas tombé. Je n'ai pas pleuré.

C'était une belle journée, le 11 mars. A-t-il posté les lettres le matin même, ou la veille au soir ? Impossible de savoir, sans cachet de la poste pour faire foi — et foi de quoi, lui qui ne croyait en rien d'autre qu'à la vie, qui l'a aimée jusqu'au bout, sans Dieu, avec sa morale à lui, ses générosités, ses élans du cœur et ses détestations de l'ordre établi, loin des bigots et des bien-pensants. Et quand il a fait le geste de les glisser dans la boîte, l'une après l'autre comme autant de coups déjà mortels, tremblait-il seulement un peu ? Son cœur avant de s'arrêter battait-il un peu plus fort ? Non, il n'a pas tremblé puisqu'il honorait seulement un rendez-vous très ancien avec lui-même, un engagement qu'il avait peut-être scellé dans le tréfonds le plus secret de sa conscience, quand il était soldat en Algérie sous l'uniforme français et qu'il devait tirer sur ses frères arabes ; ou alors, plus récemment, quand une attaque cérébrale avait manqué le laisser paralysé. Il s'était appliqué sa propre rééducation, avait retrouvé peu à peu l'usage de ses mains et de ses bras à force d'exercices, petits haltères noirs en fonte, sacs de sable en peau râpée, soulevés tout doucement, instrument à ressort pressé au creux de sa paume. Il s'en était sorti en se soignant telle une bête blessée, à l'abri des regards, au fond d'un garage où nul ne venait fourrer son nez, chez sa sœur Zoune et mon oncle André. Un jour il m'avait dit que s'il n'avait pas réussi à recouvrer ses moyens... En fait il n'avait rien dit. Il s'était contenté d'un geste du doigt sous son cou, le doigt comme un canon dressé. Mon père ne se serait pas supporté diminué. S'il était discret, fuyant la lumière et les honneurs, jamais il ne serait devenu l'ombre de lui-même. Cet aveu m'avait affolé, puis j'avais oublié. Et s'il n'avait réparé sa main droite que pour la préparer, un jour, plus tard, au geste fatal ? J'entends son ancien associé Jean-Pierre Arnautou : « Ton père, il n'avait pas peur de grand-chose. À vrai dire, je crois qu'il n'avait peur de rien. »

Pas de la mort, en tout cas. Il l'avait inscrite parmi ses rendez-vous avec ses clients et surtout ses clientes, très vieilles de préférence, qui le guettaient derrière les rideaux de leurs maisons de retraite, assurées que sa présence, sa voix tonique et douce à la fois leur redonnerait du cœur pour faire quelques pas en rabâchant quelques souvenirs du temps où elles étaient jeunes filles au pas léger.

Tu leur souriais, l'une d'elles t'attendait à l'entrée de la maison de retraite, assise sur une chaise, même si elle n'avait pas de séance prévue avec toi. Elle t'attendait pour que tu lui parles un peu et après elle disait, aux anges : « Mon Dieu je l'ai vu. » Tu étais son dieu toi qui n'en avais pas. J'entends encore ton rire quand tu racontais ta visite à une petite vieille frappée d'Alzheimer. Voyant qu'il te manquait des dents devant, elle t'avait rassuré : « Il ne faut pas t'inquiéter, elles vont repousser, tes dents ! » Ton sourire ébréché, avec les trous noirs des dents manquantes.

Quelles pensées emplissaient son esprit quand mon père n'eut plus sur le cœur ce poids de papier — des lettres de moins de vingt grammes — pour dire qu'au moment où nous les ouvririons, il serait arrivé ce qui devait arriver, qu'il avait choisi, qu'il avait rendez-vous avec cette fin depuis longtemps, ne sois pas triste, ne soyez pas tristes, signé un vieil enfant qui n'avait jamais voulu grandir ni vieillir, et qui avait commis là son dernier acte d'homme libre, à moins que ce ne fût le premier.

Deux jours avant, sa sœur Zoune lui avait parlé au téléphone. Il avait une voix claire et joyeuse, il se sentait dans un corps de trente ans depuis qu'il avait repris le sport intensément, le vélo jusque dans la Venise verte, des courses à pied interminables dans les bois, le long des chemins et des champs d'Aunis. Y voyait-il le jeune chevreuil qu'il avait recueilli quasi aveugle des années plus tôt, le soignant patiemment dans un enclos avant que l'animal ragaillardi, d'une poussée prodigieuse des pattes, saute un jour son obstacle et s'enfuie guéri dans la forêt voisine ? Il lui semblait parfois le voir rôder près de la maison, ou au détour d'une haie, beau et costaud. Il en parlait avec une fierté retenue comme s'il s'était agi de son enfant...

Mais cette frénésie de sport, ces derniers mois, comme s'il avait voulu mourir de mort naturelle, en emballant son cœur, à quoi répondait-elle, à quel vide soudain, à quel gouffre ouvert sous ses pieds de coureur qui courait à en crever ? Était-ce la retraite longtemps repoussée, tout à coup assénée par une limite d'âge, sa plaque de cuivre dorée — comme un soleil rectangulaire volé à la Tunisie — qui l'avait suivi depuis la rue Frédéric-Bentayoux à Bordeaux, la rue Bazoges à La Rochelle, puis ici à Ferrières, rue de la Croix-de-Paille, une croix de paille, c'était bien sa chance, tiens, mécréant aux mains de sauveur.

Je prononce ces mots, la croix et la paille, le lourd et le léger. C'est le lourd qui a gagné. Comme elle a dû peser dans tes bras, malgré ta force, cette plaque d'identité, Michel Fottorino, masseur-kinésithérapeute, le jour où tu as dû la décrocher. Tu t'es senti dégradé, inutile, toi qui te faisais payer d'un poulet ou de douze œufs — quand tu te faisais payer —, d'un morceau de fromage et de la conversation qui allait avec. Je suis sûr que tu aurais toi-même payé pour l'avoir, cette conversation avec ceux qui, en toute confiance, t'offraient des bouts de leur vie arrachée à leur arthrose, à leur ankylose, à la vieillesse qui venait. Je sais que dans ton regard ils étaient encore jeunes et beaux, ils avaient encore de l'intérêt puisque tu leur donnais ton temps, jamais trop pressé. Tu restais sur une chaise de la cuisine ou de la salle à manger, à les écouter. Tu te grattais un peu la tête, le derrière du crâne, là où la balle a buté. Tu étais là les yeux mi-clos, dans une sorte de bien-être, dans la chaleur de l'amitié, devant le café fumant, un carré de chocolat, peut-être un makroud chez ceux qui connaissaient ta gourmandise, ton bec sucré, tes envies de Tunisie. L'amitié, la fraternité, tu les reconnaissais de loin. On peut dire que tu étais physionomiste, question humanité souffrante ou riante. Je me souviens qu'un jour, enfant gâté et cruel, je me moquais d'un idiot du village ; tu avais pris un air sombre que je ne t'avais jamais vu et tu avais dit : « On ne se moque pas de la misère des gens. » J'avais dix ans et je m'en souviens encore, c'est accroché à ma mémoire comme l'était cette plaque avant que tu ne la fasses disparaître. Un ami cycliste, passant devant ta maison fermée, m'avait signalé cette absence : « Il n'y a plus sa plaque », m'avait-il avoué, attristé. Tu ne m'en avais rien dit.

Je n'avais pas réalisé que tu avais dû quelques mois plus tôt dévisser les gros boulons de la plaque qui brillait de tout ton patronyme, kiné de campagne comme il est des curés de campagne, allant au-devant de ses ouailles paralysées par des genoux récalcitrants (les ménix, disaient ceux de tes clients qui n'avaient guère fréquenté les écoles), des fémurs brochés, des tibias en miettes ou des bassins en capilotade, et les pieds aux ongles incarnés que tu ressuscitais sans broncher, pédicure à la tolérance infinie, qui assortissait de plaisanteries tes coups de scalpel dans les indurations et les oignons des vieux. Tu ne détournais pas la tête ni le nez, ni les yeux. Accroupi ainsi à leurs pieds, tu prenais leur mal en patience. Tu faisais comme si de rien n'était, ce mal était ton mal, ou ton bien pour eux. Kiné, c'était donner, tu n'étais pas un saint et tu aurais grondé si on t'avait collé une auréole. Tu aimais les gens pour peu qu'ils soient simples, qu'ils ne pètent pas plus haut que leur derrière — c'était une de tes expressions —, qu'ils aient le cœur à portée de main. Là ils te trouvaient toujours disponible, une blague aux lèvres, tu leur donnais ta joie de vivre. Bien malin qui aurait deviné que tu pensais à mourir. Combien depuis m'ont dit qu'à tant te préoccuper d'eux, il ne venait à l'idée de personne de savoir comment tu allais ; et tu t'en trouvais bien ainsi. Toi, ce n'était pas un sujet de conversation. Tu esquivais d'un sourire, d'un léger haussement d'épaules, tu détournais le regard ou la conversation, si un importun se mêlait de vouloir te sonder d'un peu trop près. Tu avais l'esquive facile, un bon match des Girondins (ou mauvais), une bécasse aperçue dans un champ et ton chien la flairant en ondulant dans les fourrés comme un serpent suffisaient à donner le change. Et si vraiment on insistait, la herse de tes sourcils tombait sur ton regard noir, défense d'approcher, défense d'entrer. On passait son chemin.

Je me demande ce qu'elle est devenue, ta plaque que je lisais et relisais, enfant juste rééduqué par une adoption miraculeuse, que je lisais par cœur pour bien apprendre mon nom, deux *t*, trois *o*, comme deux roues de vélo et une roue de rechange ça peut servir. Ce nom j'ai tout de suite aimé l'entendre, le dire, le lire, l'écrire aussi.

Qu'as-tu fait ce dernier jour, ces dernières heures?

Une semaine plus tôt nous l'avions vu dans notre maison d'Esnandes, près de La Rochelle, une maison dont il raffolait, dans son lacis de venelles étroites à s'érafler les coudes, qui lui rappelaient la médina de Sousse où il avait grandi. Il nous était apparu en pleine forme physique, presque efflanqué, le visage creusé du coureur de fond, les traits fins, un ventre de jeune homme, remusclé, beau, splendide même à soixante-dix ans passés, le cheveu de jais à peine blanchi aux tempes, l'œil noir et brillant, son sourire peut-être un peu forcé, à la réflexion. Sans doute ce soir-là, dans la douceur du printemps qui venait, dans cette saison qui annonçait l'été, sans doute avait-il déjà décidé. Il savait. Il se sentait libre comme on est libre quand on choisit son destin.

Je me souviens que le lendemain, me promenant au village, les pas de Zoé, notre petite fille de quatre ans, nous avaient conduits au cimetière. Comme nous marchions au milieu des tombes, mon téléphone avait sonné, c'était Edgar Morin qui m'appelait, la voix pleine de détresse, me demandant si *Le Monde* pourrait annoncer dès le lendemain la mort de son épouse Edwige, décédée la veille. J'avais tenté de le réconforter de mon mieux, parmi toutes ces tombes où manquait encore l'ombre de mon père. J'étais ressorti de ce cimetière avec un étrange malaise, pas un pressentiment, non, plutôt une immense tristesse sans raison précise, sinon la voix détimbrée du vieil homme pleurant sa femme.

Je suis rentré de La Rochelle. On ne s'est plus reparlé, papa et moi. Il a laissé un message banal sur mon téléphone portable, histoire de s'assurer que nous avions fait bon voyage vers Paris. J'ai négligé de le rappeler. Pas le temps. Paris n'est pas sur le même fuseau horaire. J'étais embarqué, papa n'a pas insisté. A-t-il attendu que je l'appelle ? A-t-il espéré ? Déjà un autre temps courait sur sa montre, le petit poignard des secondes, indolore encore. Il s'est tué et je n'ai rien senti. Pas un tressaillement. Pas de creux au ventre. Rien. Je pense à une parole de Paul Guimard que Benoîte Groult m'avait confiée un soir. À l'auteur des *Choses de la vie*, on avait demandé : Que feriez-vous si vous appreniez qu'il vous reste seulement un quart d'heure à vivre ? Guimard avait dit : Je jetterais ma montre. Mon père avait jeté sa montre depuis longtemps. Il ne comptait plus le temps qui restait. Il a brisé le sablier.

3

La morgue de l'hôpital est un lieu hostile. Sur la porte d'entrée en verre teinté il est écrit : « Le soleil est notre ennemi, merci de bien refermer la porte derrière vous. » Savais-tu, papa, toi qui as tant et tant aimé le soleil, qui le portais en majesté sur ta peau foncée, savais-tu qu'il n'avait pas le droit d'entrer dans ce que tu as choisi comme ta dernière demeure ? Oui, tu le savais. C'est ici que quelques mois plus tôt, à l'été finissant, tu avais accompagné ton meilleur ami, un grand gaillard nommé Ribouleau qu'on appelait Archibouleau ou Ribouldingue, un de ces forts en gueule qui n'inspirent pas la tristesse, un champion de la descente (moins à vélo qu'au bistrot). C'était ton partenaire de tennis, ton copain de blagues à deux sous, ton frère de cœur. Lui parlait et toi tu écoutais, tu le massais, tu soulageais ses épaules, son dos, ses jambes, son moral, dans un parfum d'huile d'amande douce et de complicité mêlées. Je suis sûr qu'il aimait écouter tes silences, qu'il y puisait beaucoup de force. En réalité, le jour de ses obsèques, tu ne l'avais pas reconnu. «Ce n'était plus lui», je me souviens de tes paroles. Sur son lit de mort, il ressemblait d'après toi à un vieux Chinois, yeux clos et bridés, amenuisé, rabougri, lui qui dépassait le mètre quatre-vingts. Tu t'en étais tiré à bon compte du chagrin en te répétant que non, Ribouleau alias Ribouldingue n'était pas venu à ses propres funérailles, qu'il avait filé ailleurs et que cette dépouille-là n'était pas celle de ton ami.

Il s'était réfugié dans le bric-à-brac de ton auto qu'il fallut inspecter de fond en comble pour trouver tes papiers, épreuve insoutenable que Jean, mon plus jeune frère, surmonta devant François et moi, nous donnant du courage par ses gestes volontaires et précis de la boîte à gants au coffre, évitant les boules de papier blanc ayant bu ton sang sur le siège avant droit. Dans ce désordre sans nom, nous avons trouvé une carte du funérarium. Elle indiquait une date et l'heure à laquelle se présenter pour la cérémonie de Jean Ribouleau, ton vieux compagnon passé de vie à trépas. C'était comme un rendez-vous puisque dans ma poche j'avais exactement le même carton, avec ton nom à la place du sien, à la place du mort. Cela m'a traversé l'esprit de façon presque comique. Pour te tuer, tu avais pris la place du mort.

Dans l'auto comme au crématorium où, un peu avant la fouille misérable de ta vieille bagnole, une femme très respectueuse nous avait remis cette carte blanche avec ton nom. Tu étais mort et, selon ta volonté, tu serais incinéré. Cette femme toute en douceur nous a demandé si nous souhaitions assister à la mise à la flamme. C'est tout un vocabulaire, celui des professionnels de la mort. « Mise à la flamme. » J'ai imaginé ce feu perçant le bois du cercueil et puis tes os devenus de pierre. Avec mes frères nous avons dit non pour ce spectacle. Elle a approuvé notre choix, estimant que c'était assez difficile à regarder. « Dans ce cas, a-t-elle précisé, la cérémonie une fois terminée, j'emporterai M. Fottorino avec moi. » Ces paroles ont fait leur chemin dans mon esprit. Cette femme au beau sourire, au visage rassurant, serait donc ta dernière compagne vivante ; j'ai pensé qu'il t'aurait plu d'achever ton parcours avec une femme d'allure si simple et généreuse.

Mais, avant, il y a eu la morgue et son cortège de silence empesé, ce vocabulaire choisi : « Voulez-vous voir votre père ? » Nous nous sommes regardés tous les trois, apeurés sans le dire à l'idée de découvrir son visage ; était-il visible, enfin, le coup de fusil n'avait-il pas... L'homme nous a réconfortés, oui, il avait été préparé, et il pouvait nous le présenter. Nous le présenter ? J'ai frémi. Quel était ce monde sans soleil où un inconnu allait nous présenter notre père ? J'ai eu envie de dire à cet étranger : Nous le connaissons, c'est nous qui allons vous le présenter. Puis je me suis ravisé. Je connaissais papa vivant. Je ne l'avais jamais vu... mort.

Par terre sont posés ses sabots. Il s'est tué confortablement, les pieds à leur aise. Ses sabots ont l'air de dire que tout cela n'est pas très grave, que la vie normale est devenue la mort normale. Il repose sur le dos, dur déjà, les cheveux d'une infinie légèreté sous ma main qui les caresse. Il n'est pas abîmé, juste une trace rougeâtre qui rehausse ses lèvres comme un maquillage de théâtre. C'est le dormeur du val, rien ne fait frissonner ses narines. Il n'est pas jeune. Il n'est pas vieux non plus. Se dire qu'il s'est tué en douceur, qu'il n'a pas souffert, qu'il n'a rien senti, ne pas penser à la détonation sourde, à l'état de la nuque ou du cerveau, regarder encore les sabots tranquilles. Est-ce François ou Jean qui a dit : On croirait qu'il va se lever. Qu'il fait une sieste, il adorait la sieste et pas seulement les jours de chaleur. La sieste le ramenait à la Tunisie de son enfance, à la torpeur des après-midi brûlants avant qu'à la fraîche il chausse ses crampons pour jouer avec ses copains de la Patriote de Sousse. Arrière, défenseur, muraille. Pas une balle ne passait. Cette fois il a marqué contre son camp.

Il est là allongé sous mes yeux mais ce n'est pas la vie. Si c'était la vie il y aurait son cœur qui battrait et son souffle pour gonfler ses poumons. S'il dormait il raclerait sa gorge dans son sommeil, puis sa respiration redeviendrait normale, l'air sifflerait un peu en traversant sa cloison nasale déviée par un coup de poing, du temps de sa jeunesse bagarreuse. Dans le silence de la pièce, pas un souffle de vie. Nos souffles, brisés. J'ai du mal à réaliser et pourtant c'est ainsi. Il ne sent plus les parfums, il ne retient plus les pensées, il n'a plus la mémoire de nos visages, de nos voix. Plus rien ne palpite sous ses paupières closes.

Je sors en dernier. Dans le soleil, mes frères serrés l'un contre l'autre, deux jeunes hommes en larmes, je les revois enfants, et comme des enfants désemparés ils demandent «pourquoi?». Je n'ai pas la réponse à ce pourquoi. Flashs de lumière, c'était le même ciel bleu, la même ville de La Rochelle. En veillant sur eux, en les gardant dans l'auto pendant que nos parents nous laissaient pour quelques courses, je savais que je ne serais pas abandonné puisqu'ils étaient là tous les deux, petits et turbulents, François en réplique foncée de papa, peau mate et ballon collé au pied; Jean blondinet et rêveur, taches de rousseur comme maman, large sourire paternel et humour dévastateur. Leur ressemblance avec lui est un mélange d'évidence et de fulgurances. Une expression, une intonation de voix, la manière d'arquer les sourcils, de plisser les yeux, d'être calme. De dire deux ou trois mots banals, de s'esclaffer. Cela s'imprime sur leur visage, reste quelques secondes, puis s'estompe avant de revenir à l'improviste, une seconde nature. Papa vit dans chaque fibre de leur être. Je suis sûr qu'ils le sentent bouger, ils sont un peu ses gardiens, à présent. Je me souviens du début : on s'appelait pareil, je m'appelais comme eux, deux *t*, trois *o*. Et cela allait durer toute la vie, comme si j'étais devenu normal en prenant ce nom nouveau avec ma belle et bouleversante maman.

Je viens de faire défiler près de quarante années. J'ai le vertige. D'un pas mal assuré je suis allé les rejoindre. Je sens leurs poitrines haletantes, leurs larmes, leurs joues pareilles à de la toile émeri, on se frotte, on se colle, on s'appuie les uns contre les autres. C'est une petite mêlée, on pourrait croire aux congratulations de footballeurs après un joli but mais c'est du malheur partagé en trois. Il ne faut pas se fier aux apparences, comme avec les morts qu'on croit vivants, une paire de sabots en guise de passeport. Papa s'appelait Michel. Je l'aurais bien appelé Lazare.

4

Être ou avoir
C'est un jeu d'enfant.
Comment dire ?

Être, ne plus être. Papa est mort, papa n'est plus, n'existe plus, papa s'est tué, papa s'est suicidé, papa s'est supprimé, papa s'est donné la mort (donné ?), papa est au ciel (même les enfants n'y croient pas), papa s'est éteint (mais est-ce le mot qui convient pour un coup de feu ?).

Avoir. Papa a mis fin à ses jours, papa a abrégé ses souffrances (mais de quoi souffrait-il, ou de qui ?), papa a succombé à sa blessure, papa a péri, papa a disparu bien qu'il soit là sous nos yeux.

Avoir encore, ou ne plus avoir : Je n'ai plus mon père, j'ai perdu mon père (en 1969, Éric Chabrerie devenu Éric Fottorino, j'avais *gagné* un père).

Réconciliation dans la mort d'être et avoir : avoir été. Mon père a été. Le temps est passé et il a passé vite. Être et avoir, ne plus être, ne plus avoir. Glissement imperceptible et pourtant si pénible. Mon père est, vit, respire, mon père était. S'habituer à ce «était» alors qu'il est encore là. Était : jamais imparfait n'a si bien mérité ce nom, le passé est imparfait, qui souligne ce qui n'est plus et ne sera plus jamais. Impossible de parler de papa au présent désormais, alors qu'il y a si peu de temps, hier encore, tout à l'heure même, avant le coup de téléphone, «il est arrivé quelque chose...». Un père et passe, rien que du passé maintenant. Que fait ton père, où habite ton père? Il ne fait plus, il faisait; il n'est plus, il était, il n'habite plus, c'était un homme et il n'est que cendres. Ses mains dont je sens encore la pression quand il raccordait mes muscles de cycliste? Passé. Sa voix encore au creux de mon oreille, ses intonations joyeuses, ses mimiques? Passé. Son sifflement quand il aspirait le café brûlant, ses yeux plissés? Passé, passé. Le bruit de ses sabots qui claquent sur le carrelage? Passé, passé, passé.

5

Avec mes frères et Natalie on s'est retrouvés dans une casse à la périphérie de La Rochelle. Il fallait s'occuper de la voiture. Elle était garée en plein soleil sur un vaste parking, derrière un grillage, parmi des épaves. C'est Jean qui l'a reconnue. Une vieille BX fatiguée, l'arrière-train touchant presque le sol comme à la fin de sa vie Giko, le chien-loup de mon père. À l'accueil, une femme nous a indiqué la marche à suivre. On ne souhaitait pas la récupérer. Il suffisait de lui fournir la carte grise et ce serait terminé. Alors on s'est dirigés vers la voiture, au ralenti, à reculons. Seul Jean allait d'un pas décidé, fils courage. Il allait de l'avant, comme à la morgue le matin quand le responsable nous avait demandé si nous voulions voir papa. Pensions-nous à la même chose, mes frères et moi, dans ces mètres interminables qui nous séparaient de la BX, dernier domicile connu de notre père ? On a demandé à la dame si la voiture avait été nettoyée. Elle a répondu non. Nous nous sommes regardés. Dans les yeux de François et de Jean, dans les miens sûrement, un peu d'effroi, de hantise : il y aurait le sang de papa.

Qui a ouvert la portière, et de quel côté ? Déjà les gestes s'effacent. Je revois Jean inspecter le pare-soleil du conducteur à la recherche de la carte grise de papa, remuer à l'arrière un fouillis sans nom. Au fond d'un sac bleu, un gros sac de courses plastifié, il y a des papiers, de vieilles revues, trois couteaux — « un pour chacun, les gars », a dit François pour couper le silence —, des pièces de monnaie, des anciens francs, un billet de vingt euros, un grand bâton noueux, bois dénudé, orme ou frêne, je l'ignore, lisse comme un serpent, avec un trou au sommet où passer une lanière de cuir, notre père s'en servait pour ses longues marches à travers champs. Je ne l'avais plus vu depuis une éternité. Mais c'est bien le moment de parler d'éternité.

Je tiens le carton funéraire de ton ami Jean entre mes doigts. Cette fois c'est ton tour, j'ai le carton blanc avec ton nom dessus.

Je suis allé côté passager, j'ai ouvert la boîte à gants à la recherche de cette fichue carte grise et à cet instant j'ai compris que notre père s'était tué là. J'ai vu le siège incliné en arrière, un rouleau de sopalin presque entièrement déroulé sur le tissu du fauteuil. En le déplaçant maladroitement, j'ai senti le poids du papier imbibé. Je l'ai relâché aussitôt comme sous le coup d'une décharge électrique. On a fait l'inventaire. On ne voulait pas s'attarder. On avait vu. Finalement on respirait un peu mieux. Mais sans carte grise, il était impossible de se débarrasser de la voiture. Il fallait aller chez papa. Aller chez lui. C'était une épreuve supplémentaire, on n'était plus à ça près.

Je n'étais pas venu dans sa maison depuis des années. La dernière fois c'était au début du printemps 2001, lorsque je m'entraînais pour la course cycliste du Midi libre. J'avais choisi les routes ventées de Charente-Maritime, les routes de mon adolescence, pour retrouver à quarante ans mon coup de pédale d'antan. Routes du bord de mer, routes pentues du barrage de Mervent, plus loin en Vendée. Des virées solitaires de cent à cent cinquante kilomètres sous la pluie, un printemps pourri. Dans ma tête, au rythme de mon corps et des battements de mon cœur revenaient puis se disloquaient des souvenirs heureux, quand mes parents vivaient ensemble, quand nous étions tous réunis, mes frères et moi, sous le même toit. Le soir, s'il me restait un peu de courage, je prenais ma voiture et filais chez papa à travers la campagne. Il m'attendait dans son cabinet, un flacon d'huile d'amande douce en évidence sur une étagère. Il s'en imprégnait les paumes, me faisait m'allonger sur le ventre, puis sur le dos. Je fermais les yeux, les rouvrais. C'était la même grille en métal au mur, les mêmes tendeurs et poulies, les mêmes sacs en peau remplis de sable, les mêmes petits haltères, acier noir, bois clair torsadé. Le médecine-ball, les tapis de mousse. Papa ne donnait pas dans la kiné moderne. Pas de bains, pas d'ultrasons. Rien que ses mains. Et il prenait chaque fois une personne seule, jamais deux en même temps. Ces soirs-là c'était moi, je sentais sa force sur mes muscles endoloris, raides comme du pain dur. Il fermait les poings et les tournait dans le creux de mes voûtes plantaires. Le sang refluait vers le cœur, les toxines battaient en retraite. Il transpirait un peu, une goutte de sueur restait suspendue au-dessus de sa lèvre, dans ce qu'on appelle l'empreinte de l'ange. La goutte perlait. Il l'essuyait d'un revers de manche ou alors elle continuait de briller dans la lueur de l'ampoule nue du plafond.

Un soir de tempête, le compteur électrique avait disjoncté au beau milieu du massage. Il avait allumé une bougie dont le parfum s'était aussitôt mêlé à celui de l'embrocation. Son ombre se découpait tremblante sur le mur, vacillant avec la flamme. Il n'y avait plus que sa voix, douce, et ses mains fermes. On évoquait des souvenirs, le plus souvent des anciens coureurs que j'avais connus vingt ou vingt-cinq ans plus tôt. Cette année-là, dans le silence de son cabinet quasi obscur, il repassait mes jambes comme on repasse ses leçons, nous remontions le cours du temps et jamais je n'aurais pensé qu'une course de bicyclette nous aurait permis de rajeunir autant. Une petite tape sur les cuisses et le sortilège cessait, la séance était terminée. Léger, je reposais les pieds par terre.

Cet après-midi il n'est plus là et nous cherchons sa carte grise. Manifestement il a brûlé des papiers. Toutes sortes de courriers qu'il avait pris l'habitude de ne jamais ouvrir lorsqu'ils portaient un en-tête administratif. Ce n'était pas d'hier que datait sa phobie maladive de la paperasse. Déjà au milieu des années 1960, il avait à peine trente ans, dans son premier cabinet de la rue Frédéric-Bentayoux, à Bordeaux, déjà il n'ouvrait rien, et les lettres s'entassaient, les factures, les demandes de déclaration, les relances, les chèques qu'il négligeait d'encaisser... D'où lui venait cette répulsion ? Peu à peu papa était devenu un marginal, échappant aux règles dépourvues d'humanité, travaillant de ses mains et ne rendant de compte à personne, sauf à ses patients qu'il soulageait de son mieux. Sur la table de la cuisine, nous avons trouvé le bloc de papier à lettres sur lequel il nous avait écrit, deux jours plus tôt. Il ne restait plus une feuille blanche. Au dos d'une enveloppe il avait noté mon adresse, rue du Tir. Chacun d'entre nous l'a imaginé rédigeant ici ses derniers courriers, dans le silence de sa maison vide. Avait-il allumé la radio pour écouter les résultats de foot, quelles sensations passaient dans son regard, à ce moment-là, pendant qu'il écrivait déjà au passé ce qui avait été notre vie avec lui ? Avait-il refermé ces lettres, si légères entre ses doigts, sans penser qu'elles pèseraient entre les nôtres le poids de son cercueil ?

Nous n'avons touché à rien. Jean a fini par trouver un portefeuille qui contenait sa carte grise et son permis de conduire. On a regardé sa photo sans rien dire. J'ai emporté un cliché de Ben et de Tac, ses chiens d'autrefois qu'il avait immortalisés dans un joli cadre de bois ovale. J'ai pris aussi la photo du jeune chevreuil qu'avec Nicole ils avaient recueilli quelques années plus tôt. C'était pour les plus jeunes de mes filles. Avec Natalie on a pensé que les chiens et le chevreuil seraient un beau souvenir de leur grand-père.

6

Souvent le soir ils sont là. Assis sur un banc à la sortie de la gare de Maisons-Laffitte. De vieux Arabes qui prennent le soleil. Ils sont deux, parfois trois, côte à côte, silencieux, les yeux mi-clos à cause de la lumière encore forte. L'un d'eux me fait penser à mon père. Son air paisible, un éternel sourire dessiné sur les lèvres. La peau cuivrée et les traits qui s'accusent. Ils ne sont plus tout jeunes. Je n'ai jamais entendu le son de leurs voix. Jamais je ne leur ai parlé. Pour leur dire quoi? Qu'ils ont un air de famille avec toi, papa? Il y a très long-temps, nous rentrions d'une course de vélo. Ta Lada jaune se fondait dans le décor, au milieu des champs de colza, par les petites routes au bitume râpeux comme du scratch et dont je connaissais chaque nid-de-poule, chaque gravier. On nous attendait chez Zoune et André, ta sœur maintenait depuis toujours le cordon (le cordon bleu) avec l'enfance tunisienne, à grand renfort de couscous poulet ou poisson, de soupe de fèves, de salade méchouïa, de chakchouka, de makrouds et de thé à la menthe, en évitant la coriandre sauvage car tu lui trouvais un goût de pipi de chat. On se préparait à un bon dîner, il y aurait peut-être de la polenta, de la crème anglaise, tu en salivais déjà. Et puis, sur un chemin tout près du but, on est tombés sur une auto garée en plein milieu. Le chauffeur devait être dans la maison en contrebas. On a attendu quelques minutes. Tu n'as pas klaxonné. Tu te passais la main dans les cheveux, tu adorais ça te gratter la tête, et plus encore que maman fasse ce geste pour toi. Tu fermais les yeux comme les Arabes de Maisons-Laffitte et tu ressentais un bien-être incomparable qui s'exprimait par de petits grognements.

Au bout d'un moment assez long, mon père a fini par klaxonner sans trop appuyer, juste pour signaler qu'on était là. Un gars est sorti de la maison et s'est approché d'un pas décidé. J'ai oublié son visage et sa corpulence. Il me semble qu'il était grand et sanguin. Mais je me souviens qu'en jetant un méchant coup d'œil à mon père qui avait abaissé sa vitre, il a dit : « Si t'es pressé t'as qu'à rentrer dans ton pays. » Papa s'est rembruni. Il est sorti d'un bond de la voiture et j'ai eu peur qu'ils en viennent aux mains. Papa a regardé dans ma direction et a dit quelque chose d'une voix sourde, des mots que je n'ai pas pu entendre. Le gars est allé sans se presser vers sa voiture, il a pris tout son temps avant de l'écarter. Mon père a redémarré. Il était pâle sur toute la figure, blême avec seulement les pommettes en feu, le mois de mai sur les joues et janvier dans le cœur, comme on dit dans *Fantasio*. Il n'a plus desserré les dents jusque chez Zoune. Il n'a parlé à personne de l'incident, de cette insulte que j'ai ressentie dans toute sa violence avant de vraiment la comprendre plus tard : retourne dans ton pays.

Aujourd'hui il me semble que tu y es retourné. Tes cendres ont dû voler jusque là-bas. Quelque part vers Sousse où tu forçais l'admiration de ton plus jeune frère Francis, — dix ans vous séparent —, quand tu prenais place dans ta périssoire, ce canoë que tu dirigeais torse nu, musclé, bronzé, jeune corps insouciant de dix-sept ans à peine, quelques années avant de partir te battre en Algérie.

J'étais adulte quand j'ai compris les souffrances enfantines de mon père — qu'il s'était bien gardé de me confier. Avec sa famille au complet, ses parents et ses cinq frères et sœurs, ils avaient vécu à Gafsa, dans le sud du pays, la ville dont mon grand-père Marcel était le maire depuis la Libération. Un maire de trente ans qui avait reçu les clés de la ville en 1940, après avoir mis en déroute une colonne allemande et empêché les pillages. Mon grand-père était un dur à cuire qui n'hésitait pas à rouler deux cents kilomètres avec une bicyclette à pneus demi-ballon, sur les pistes qui menaient aux mines de phosphates de Moularès et de Redeyef où il établissait les constats d'accidents du travail. Quand la marmaille était dissipée — et les garçons l'étaient par trop aux heures immobiles de la sieste —, mon grand-père faisait glisser son ceinturon entre les passants de son pantalon. En sa qualité d'aîné, mon père écopait de la rouste. La légende familiale veut qu'il goûta du cuir et de la boucle froide du ceinturon plus souvent qu'à son tour.

Mais ils vivaient là heureux, entre la chasse à la gazelle et les plongeons du haut des palmiers courbés surplombant les vieilles piscines romaines, s'ils n'allaient pas jusqu'à la sortie de la ville, au pied des montagnes violettes, dans le grand bassin aux eaux sulfureuses de Sidi Ahmed Zarroug, où ils apprenaient à nager en glissant sous leur ventre de larges écorces de chêne-liège. Aujourd'hui, j'imagine mon père par là-bas. Il est vivant et nage dans les eaux bleues des îles Kerkennah où les plongeurs audacieux de la petite Syrte ramènent, après une longue apnée, de merveilleuses éponges.

Une année, les instituteurs de métropole craignant les soulèvements du Sud ont voulu être rapatriés vers Tunis. Ils ont été remplacés par des enseignants arabes qui maîtrisaient mal le français. Comme il passait dans une classe, mon grand-père a vu au tableau des phrases bourrées de fautes. Son sang n'a fait qu'un tour, et tu t'es retrouvé à

Sousse, chez ta grand-mère paternelle, coupé de tes parents, de tes frères et sœurs et de tes amis, sous prétexte qu'à Sousse les professeurs écrivaient le français correctement. Tu t'es senti abandonné des tiens, livré à la surveillance un peu lâche de tes grands-parents, persuadé que ton père et ta mère ne t'aimaient pas, au point même de croire que tu n'étais pas leur fils. Sinon, t'auraient-ils abandonné ainsi, loin de la fratrie? Sans doute cette blessure de l'enfance a-t-elle ressurgi quand tu m'as adopté. J'avais l'âge qui était précisément le tien quand tu t'étais retrouvé à Sousse, chassé de l'éden brûlant de Gafsa. Tu ne voyais plus les tiens qu'aux congés scolaires, quand ils prenaient à leur tour la route de Sousse et de la mer, laissant Gafsa et ses cinquante degrés à l'ombre. La vie redevenait normale, tu pouvais étreindre ta mère, partager les jeux de tes frères, retrouver la douceur espiègle de tes sœurs, revivre les grandes tablées, les fous rires dans l'odeur du jasmin et des lauriers-roses. Jusqu'au jour du départ pour Gafsa où tous entraient dans la voiture, la belle Populaire de ton père (une prise aux Allemands après guerre, à l'époque bénie de la «récupération»). Ils s'engouffraient le cœur serré, car toi tu restais là.

Au moment de démarrer, mon grand-père shootait au loin dans un ballon de foot et tu détalais, jeune chien fou, pour le rattraper. Quand tu revenais essoufflé, l'auto s'était mise en route. Zoune, Nine, Nicole, Alain, Francis, tous te suivaient des yeux sans un mot à travers la lunette arrière. Tu courais à t'étouffer pour les rattraper dans la fumée d'échappement, tu criais, tes larmes coulaient, tu n'étais plus qu'un point minuscule dans le rétroviseur de la Populaire qui prenait de la vitesse.

Cette vision n'a pas fini de me serrer le cœur. J'aimerais à mon tour devenir le père de mon père pour stopper d'un coup de frein brusque la Volkswagen qui file vers le désert et ouvrir la portière pour que tu remontes avec nous.

7

Trop de pensées m'agitent, toutes sont pour mon père. Pas une goutte de son sang ne coule dans mes veines. Rien et pourtant tout. Si j'ai un peu de force, un peu de caractère, un peu de volonté dans la vie, c'est ma mère qui me les a d'abord donnés, mère enfant, mère courage de dix-sept ans envoyée chez de lointains parents dans un village perdu des Alpes-Maritimes pour dissimuler la honte qui pointait, confectionnant jusqu'au bout de ses forces le paquetage des bergers. Fille mère d'une mère qui ne voulait plus de sa fille tant qu'elle serait grosse jusqu'aux yeux d'un juif marocain, qui connut la souffrance de ne pouvoir être mon père, mais c'est une autre histoire. Si j'ai pu garder confiance dans la vie, c'est que Michel est arrivé dans celle de maman et dans la mienne, pas longtemps avant la Coupe du monde de football avec Pelé le héros. Michel, alias Michou, alias papa, aimait Gigi Riva l'Italien, et aussi les boxeurs : Cassius Clay, alias Muhammad Ali ;

Bennie Briscoe, le robot de Philadelphie; Carlos Monzon. Les deux sports les plus durs, selon lui, ceux qui faisaient de vrais hommes, étaient la boxe et le vélo. Michel avait le nez dévié à cause d'une bagarre quand, à son retour en France, avant de revenir aux valeurs SFIO de son père, il s'était égaré auprès de l'OAS pour défendre l'Algérie française. Cela lui avait valu ce coup de poing et la cloison nasale gondolée. Il ne s'en vantait pas. C'était ainsi. J'étais adolescent quand j'en pris conscience : papa avait eu une vie avant nous. Il avait vécu avec une beauté nordique blonde comme les blés, puis s'était marié avec une autre femme. Ils n'avaient pas eu d'enfants et tant mieux car j'aurais mal supporté de ne pas être son premier fils, fût-ce de deuxième main.

Papa m'a mis sur un vélo après avoir constaté ma nullité au football, comme goal des poussins du Bordeaux Étudiant Club où il avait une réputation à défendre. Qu'un Fottorino ternisse la gloire du clan sur une pelouse, voilà qui eût été plus grave que, par exemple, redoubler une classe! Au milieu des années 1970, papa et moi avons arpenté toutes les routes de Charente, de Vendée, des Deux-Sèvres, d'Aquitaine, des Landes, du Gers, parfois de Bretagne et des Pyrénées, avec mes oncles André et Pierre et aussi mon grand-père quand nous descendions plus bas dans le Sud-Ouest, vers la Chalosse bossue. Il m'a appris à lutter, à ne jamais abandonner, à serrer les dents, à ne pas me plaindre de la malchance ou de la défaillance ou des côtes ou du vent, à ne pas prendre la grosse tête si parfois je gagnais une course, à ne pas me décourager si j'étais largué loin derrière les premiers. À vélo il m'a appris la vie.

La première fois qu'il nous a emmenés dans sa famille, maman et moi, c'était à la nuit tombée dans la maison de ses parents au village des pins, le quartier des rapatriés en périphérie de Dax. Sa mère était assise sur une petite chaise de bois et se tenait bien droite. Son regard bleu pétillait dans la lueur d'une lampe en terre cuite qu'elle avait modelée de ses propres mains, pendant que Nine, l'une des sœurs de papa, brossait doucement ses longs cheveux. J'entends encore le bruit mat de la brosse dans la longue chevelure de celle que j'appellerais grand-mère tout aussi naturellement que son mari deviendrait mon grand-père. Au mur, des tableaux peints par elle. Partout des sculptures et des bustes auxquels elle s'attelait chaque matin dès cinq heures, un épais bracelet de cuir au poignet quand il s'agissait d'attaquer la pierre blanche et dure. Elle avait attendu d'élever ses six enfants puis de venir en France avant de s'accomplir en véritable artiste exposée et primée au Salon des indépendants avec des toiles abstraites dont l'une trôna bientôt dans notre maison, une toile pleine de rouge et de jaune, une toile comme un incendie. Mon futur grand-père était un colosse débonnaire aux dents très blanches, qui claquaient quand il avalait tout rond les piments gorgés d'huile d'olive, aussi écarlates que la peinture de sa femme. J'ai découvert le couscous, les beignets de courgettes, les kaâks ronds dont raffolait mon père, les souvenirs du Sud tunisien, l'attentat dont mon grand-père réchappa miraculeusement à l'été 1956 au col de Stah, prémices de l'exil en France. Michel-Michou me reliait soudain à toute cette histoire, à cette famille nombreuse que je retrouverais plus tard en découvrant *Rocco et ses frères*, un film qu'ils adoraient et qu'ils connaissaient par cœur à force de s'y reconnaître. Je ne peux regarder Alain Delon dans *Rocco* sans voir mon père, cette douceur, cette beauté un peu animale et gracile sur les photos de sa jeunesse, du temps de la périssoire, de la Patriote de Sousse et de la Buffalo concours. Du temps aussi des biscuits à l'anis trempés dans le sirop d'orgeat, des lourds régimes de dattes ployant des palmiers aux branches courbes dans l'oasis de Tozeur, des olives noires saupoudrées de gros sel, des pistaches vertes d'El Guettar. Du temps de la semoule dont ma grand-mère faisait les makrouds avec de la purée de dattes, de l'écorce d'orange, de la cannelle, du poivre et des clous de girofle. Écrire ces mots, me ressouvenir des recettes, de la sauce marga au rouge adouci par le bouton de rose, du couscous sucré avec les graines de grenades coupées en petits morceaux, le tout exhalant un parfum de fleur d'oranger, écrire cela me ramène quelque chose de mon père, ses mimiques joyeuses avant de passer à table, ses évocations du pain arabe encore tiède qu'il trempait, gamin, dans l'huile d'olive fraîche versée dans une assiette creuse, son silence soudain devant une salade méchouïa, tomates juteuses, piments grillés, pelés, assaisonnés de carvi, d'ail, de citron — festin de roi.

Me vient l'idée de dresser l'inventaire de ce que tu aimais le plus au monde, comme on dresserait la table. Il y aurait tout ce que j'ai dit avec, en plus du chocolat, du miel d'acacia, du sucre à foison, de la confiture pur fruit, des œufs au lait avec douze œufs au litre, des crêpes très fines à la pâte qui tremble entre tes doigts, crêpes roulées comme des cigares, en rang par dizaines devant la télévision, les soirs de match de foot. Et toujours tes valeurs sûres, la soupe, les soupes aux orties, aux poireaux et pommes de terre, au potiron, à tout ce qui poussait de vert ou d'orange, et dont chaque assiette terminée aspirée lapée même brûlante avec de grandes aspirations était saluée par ces mêmes mots très simples : « C'est bon, la soupe, non ? » Tu mangeais toujours très vite, trop sans doute, déjà debout à peine ton café, brûlant lui aussi, jeté dans ton estomac. Parfois tu étais très pressé, insaisissable, tu frappais doucement dans tes mains, j'y vais, je dois y aller, il faut que j'y aille. Tu partais le ventre plein. Je me demande ce que tu as mangé, le dernier jour. Où as-tu déjeuné ? As-tu seulement pris un repas ? Quel appétit pouvais-tu avoir avant le voyage que tu t'étais forcé à entreprendre ? Enfant, je gardais les petits bouts de tabac qui restaient au fond de tes paquets de Gitanes. Je les gardais dans le papier argenté qui tapissait chaque paquet. Longtemps j'ai conservé ce tabac. Je te disais que le jour où tu n'aurais plus de cigarettes tu pourrais toujours t'en fabriquer une avec cette réserve patiemment constituée. Tu souriais, j'avais dix ans. J'ignore ce qu'est devenu ce trésor. Parti en fumée, lui aussi.

8

Partout mon père. Partout, tout le temps, par tous les temps. Dans cet instant flou qui précède le réveil, dans l'engourdissement qui m'envahit le soir avant de glisser vers le sommeil. Où est-il? Question idiote et pourtant lancinante. Envie de l'appeler, d'entendre sa voix, une dernière fois, pour la route, la longue route sans lui. Je ferme les yeux et il apparaît. Ce n'est pas un fantôme mais tout le contraire. Il a passé son chandail couleur corail, nous montons le Tourmalet, j'ai treize ans. Il est d'autant mieux devenu mon père que, de toutes mes forces et de toutes mes peurs, j'ai voulu devenir son fils. Nous grimpons les lacets en mélangeant nos souffles. Mon grand-père va et vient à bord de sa Panhard grise qui fait un bruit de tromblon. Plus tard j'ai semé papa, dix mètres, vingt mètres, cent. Grand-père est fier de ce petit-fils qui appuie comme un démon sur les pédales. Derrière, mon père trouve un rythme plus lent, il boit de l'eau sucrée. Il a trente-six ans, il sourit à l'objectif de son propre père qui l'immortalise en plein effort. Les deux hommes se ressemblent. Quelque chose de fixe dans les yeux, de déterminé, quelque chose qui ne veut pas céder. Une volonté pareille à de l'insolence, avec un petit sourire en coin logé là comme par inadvertance. Des fossettes de malice. Quand papa arrive au sommet, il lève les bras au ciel. Je suis Coppi et lui Bartali, on a rejoué le Tour 1949, rien que pour nous. Il me complimente. Mon père me trempe le caractère dans la montagne comme la fourche de mon vélo s'est durcie dans un bain de chrome. Au retour, en auto, grand-père raconte ses périples sur les pistes du Sud tunisien. Papa se souvient d'avoir monté le Soulor dans sa jeunesse, l'année de leur arrivée en France. Ils ont vu passer le Tour de France dans le Portet-d'Aspet. Devant Fausto Coppi si maigre, ses joues creusées, sa pâleur de plâtre, ma grand-mère a éclaté en sanglots. J'appartiens peu à peu à leur histoire, je rentre dedans, ils perfusent ma mémoire en douceur.

Mon père et mon grand-père font défiler la Tunisie, Dicky leur jeune chacal, les matchs de la Patriote de Sousse, les contre-la-montre à bicyclette autour du port de Tunis. Un jour papa a rapporté, roulés dans des feuilles de journal, quelques soleils dégoulinant de miel, des zlabias, il appelait ça. Les morceaux de soleil se brisaient comme du verre sous les doigts collants, il fallait faire vite pour attraper du bout de la langue le filet de miel. J'y pense au petit déjeuner devant un pot tout neuf, devant le soleil qui se lève au fond du jardin, devant la joie de mes enfants.

Il suffit d'un rien et mon père est là. Ses mains, son regard, ces essentiels de lui, bien plus que les mots dont il était avare. Sa générosité était silencieuse, faite de gestes, d'expressions du visage, de sourcils levés, d'yeux écarquillés qu'accompagnait un «oh!» d'étonnement ou un «ah!» de contentement. Et en apparence il était souvent content de l'existence. Par exemple si je l'appelais tôt le matin, pendant qu'il sirotait un café dans son mazagran frappé d'un «N» doré façon Napoléon, avec «le» *Sud-Ouest* déplié devant lui, ou *Le Canard enchaîné*, ses seules lectures régulières avec San-Antonio (*Si Queue-d'Âne m'était conté*), ou *L'Équipe*. «Ah! c'est toi?» Suivait ce petit mot, toujours le même : «Alors?» Je racontais, je détaillais, et je n'avais pas besoin de le voir pour deviner son œil pétillant, son large sourire. Il en redemandait, sa voix était claire, joyeuse, parfois ponctuée d'éternuements si le rhume des foins entrait dans la conversation. Chaque année au printemps, il n'y coupait pas. C'était les seules fois où l'on pouvait le voir pleurer et rire en même temps.

Depuis sa mort, il vit plus que jamais en moi à travers les hasards qui surgissent. Le lendemain du drame, marchant en direction de la place

Denfert-Rochereau, je suis passé devant le cimetière Montparnasse et, détournant mon regard, j'ai vu la devanture d'un restaurant du Sud-Ouest baptisé Chez Papa. Pas une journée ne s'écoule sans ces rappels étranges qui pourraient laisser croire que la mort aime jouer à cache-cache avec les vivants. Certains jours, Zoé, ma plus jeune fille, m'appelle bizarrement papy. Sa sœur Constance a cru reconnaître l'écriture de son grand-père sur une lettre envoyée en juin pour son anniversaire. C'est impossible et pourtant... Sans y réfléchir, l'autre soir, j'ai récolté quelques pétales d'un bouquet de roses tombés sur le rebord de la cheminée, et je les ai semés devant mon père qui trône sur une photo de famille, dans une lumière tendre et dorée qui rappelle un tableau de De La Tour. Fragile tumulus de fleurs évanouies, qui ne te donneront plus le rhume des foins. Quelques jours après ton décès, un jardinier nous a proposé de planter chez nous, rue du Tir, un arbre de Judée. Ce nom m'était familier. Je me suis souvenu que tu chérissais cet arbre aux feuilles en forme de cœur, que tes grands-parents en possédaient un en Tunisie, que tu en avais offert un à Zoune pour son jardin. Tu revis dans le mien sous les traits fins et aériens d'un arbre de Judée qui, sitôt en terre, a donné de superbes fleurs mauves. Avec Natalie, un an plus tôt, nous t'avions offert un citronnier riche d'un seul citron. Je revois ta surprise, ton plaisir, ton trouble, ce bout de Tunisie que nous t'avions rendu à l'improviste. Depuis, ton citronnier croule sous les fruits. Je me récite ce vers de Nerval : «Et les citrons amers où s'imprimaient tes dents.» Tu es partout, tes cendres t'ont dispersé mais les arbres t'enracinent dans ma mémoire.

Cette fois nous nageons. Plutôt je me noie sans m'en apercevoir. J'ai dix ans, nous sommes à la Pointe Espagnole, en famille un dimanche d'été, baignade non surveillée. Ma petite planche en bois, le nez dressé pour prendre les vagues, glisse vers le large. Les courants m'emportent. Je n'entends pas vos cris. Je m'éloigne. Je n'ai pas la moindre idée du danger. Quand je lutterai pour revenir vers le rivage, ce sera trop tard. Je revois très précisément mon père à travers le rideau épais des années. Il s'est élancé du bord et a plongé comme un javelot, tête la première. Soudain entre la crête des vagues, il est là. Comment a-t-il fait pour me rejoindre si vite ? Il parle calmement, n'a pas le souffle coupé. Il doit avoir la force de Johnny Weissmuller dans *Tarzan*. Pour maman là-bas sur le sable, nous ne sommes que deux petits points dans un gouffre bleu. Je la vois qui court puis s'effondre, son ventre rond en avant car il y a François dedans, mon cadeau d'anniversaire pour le mois d'août. C'est une scène sans paroles, seulement bruitée par la houle. Je devine que maman pleure, qu'elle nous voit déjà par le fond, papa et moi. Des gens l'entourent. Elle tient son visage entre ses mains. Mon père, serein, continue de me parler, il m'invite à bien respirer, à rester tranquille. Mais je ne suis pas affolé puisqu'il est là. La confiance est une forme d'inconscience. Après, je saurai que chaque année des enfants et aussi des adultes périssent dans ces courants. Je n'ai pas eu peur, mon père m'a rejoint, on est revenus sans encombre sur le sable. On avait dérivé loin des serviettes et de ma mère paniquée. Sauvés. Mon père a son petit sourire, il nous console. Il y a bien assez d'eau salée dans l'océan, pourquoi le grossir de nos larmes. Pour oublier nos frayeurs, Zoune préparera un « complet poisson » si parfumé qu'on sucera jusqu'aux arêtes, on mangera des sorbets de chez le glacier Judici, des sucres d'orge dont la pâte pend comme un long serpent paresseux au-dessus des tables de marbre du confiseur Tamisier. Dès demain on se retrouvera sur la plage de Pontaillac. Mon père jouera avec ses beaux-frères André et Mata, chacun frappant à son tour dans un ballon de rugby en cuir, j'ai encore le bruit mat de leur frappe à l'oreille. Plus tard mon père m'offrira une petite caméra super 8 pour fixer ces souvenirs muets dont la bande-son défile dans ma mémoire, nos cris en courant dans l'eau, la voix de papa, son rire, son intonation quand il dit : « Bourricot, va ! »

Ce sont des années magiques. Je suis immortel. Il ne peut rien m'arriver. Je déborde de mensonges vrais. Oui je suis de Tunisie, je suis un habitué du désert, des oasis et du sirocco, l'ami des dromadaires et des fennecs, je mange des figues de Barbarie délivrées de leurs épines et ne jure plus que par la purée de dattes, parfaitement. Je respire des bouquets de jasmin, la seule fleur qui s'éveille quand toutes les autres dorment. En classe j'ai apporté un poster du Sahara en disant qu'il me manque, j'apprends sans peine l'accent pied-noir (avec des « ba-ba-ba » en fin de phrase) et le ton de la nostalgie. Un jour que j'ai dû me rendre à la mairie du village, je jette un œil en route sur ce document mystérieux qui s'appelle livret de famille. Mon nom de Bordeaux a disparu. Il est précisé que mes parents sont mariés, que j'ai été reconnu par Michel Fottorino qui m'a donné son patronyme en cadeau de mariage — enfin je me comprends. Un prénom étrange suit le premier. En réalité, il s'appelle Michel Marx. Pas Max, ce qui eût déjà été curieux (il y a bien un champion de boxe qui s'appelle Max Cohen), mais Marx. Une facétie de mon grand-père, adhérent historique de la SFIO, qui voulait sans doute faire bisquer l'administration française en prénommant son fils aîné Marx... Le hasard a voulu que ma mère, enfant de dix-sept ans et seule et belle comme le jour, me mette au monde à Nice. Voilà qui sert mes plans d'apprenti Tunisien : de Tunis à Nice, il n'y a qu'un glissement très doux qui file dans un même souffle, Nice, Tunis, essayez, c'est logique, c'est l'enfance de l'art de la mystification. Né à Bordeaux ou à Fécamp, l'explication eût mérité plus de détours. Mais là, Nice, Tunis, une mer seulement les sépare, une mer de rien du tout. Et un père les relie. Michel Marx a bien fait les choses.

Il m'a donné un nom et une carte de géographie parfaitement compatible avec mes sornettes. Je suis devenu le premier des Fottorino né de l'autre côté, Français mais de Tunisie de toutes mes forces. Rarement effort d'intégration a été si constant dans le sens de la France vers l'Afrique du Nord. J'ai grandi dans cette illusion fondatrice, m'attirant quelques remontrances lorsque je me mets à écrire comme mon père, d'une écriture filiforme, sans tracer les lettres, surtout ponctuée de virgules et de points sur les *i*. Quand on me demande à l'école d'où vient cette mode, je réponds sans rougir que j'ai gardé l'habitude d'écrire arabe. Voilà qui vous pose un mythomane de dix ans...

Juin déjà, presque trois mois que mon père a fait silence. C'est le match France/Pays-Bas et dans les tribunes la caméra s'attarde sur l'ancien champion Johann Cruyff. Mon sang s'arrête. Je t'entends, tu viens de me parler. Les années se sont effacées d'un coup devant le visage encore juvénile de l'attaquant néerlandais. C'était il y a trente ans au moins, les soirs où la télé diffusait les matchs de l'Ajax d'Amsterdam. Tu rentrais à la maison avec ton sourire qui illuminait aussi tes yeux, tu lançais simplement : « Il y a l'Ajax qui joue. » Ce mot magique, l'Ajax, renvoyait à un autre nom magique : Cruyff. Tu disais Cruiff, pas Creuillfe. Il y aurait des crêpes sur la table basse, une prolongation de veille même s'il y avait école le lendemain. C'était la fête à la maison. Ajax n'était pas une marque de lessive mais un nom de code pour faire retomber mon père en enfance, du temps où il disputait des parties de foot avec du papier journal roulé en boule, pieds nus dans les rues de Sousse avec ses copains. S'il était seul, il s'amusait à jongler avec une vieille pièce de monnaie percée en son centre, dans laquelle il piquait une feuille de papier pliée en éventail. Le foot, c'était son université du savoir, son école de génie et de camaraderie. Pelé, «Cruiff» ou Gigi Riva étaient les passeurs qui l'avaient pris par la main jusqu'à ses dix ans; ils étaient désormais les miens.

9

C'est une statue en terre cuite de ma grand-mère que mon père aimait particulièrement. Je l'ai vue longtemps chez lui. Elle représente un homme mince, l'allure dégingandée, un chapeau bancal sur la tête. Je crois que mes tantes, en la voyant, s'écriaient : «On dirait Michou !» Il me semble, je n'en suis plus très sûr. Ce dont je suis certain en revanche, c'est que cette statuette à la peau rougie s'appelait « l'Américain ». Jamais mon père n'est allé en Amérique, ni n'a connu d'Américains, et pourtant deux écrivains d'outre-Atlantique l'ont décrit sans qu'il le sache, sans le savoir eux-mêmes. C'est le sortilège et la magie de la littérature que de faire vivre des personnages fictifs qui prennent consistance dans la réalité. C'est une page, une seule, dans le roman de Philip Roth simplement titré *Un homme*. Un homme sur une plage de l'Atlantique, en proie à la vieillesse qui vient. Voici cette page, voici mon père :

« Mais combien de temps l'homme peut-il passer à se rappeler du meilleur de la vieillesse ? À moins que le meilleur de la vieillesse ne soit justement cette nostalgie du meilleur de l'enfance, de ce corps, jeune pousse de bambou, avec lequel chevaucher les vagues du plus loin qu'elles se formaient, les chevaucher bras pointés, telle une flèche dont la tige serait ce torse et ces jambes effilés, les chevaucher à s'en râper les côtes contre les galets pointus, les palourdes ébréchées, les débris de coquillages de la grève. [...] Il revenait pieds nus, trempé, plein de sel, la puissance de cette mer lui bruissant encore aux oreilles ; il se léchait l'avant-bras pour sentir le goût de l'océan sur sa peau rôtie au soleil. »

L'image de papa s'impose d'elle-même. Il n'est pas feu l'homme, feu l'homme incendié aux os passés à la flamme avec sa chair durcie et sa belle gueule de méditerranéen à la tignasse anthracite. Il est ce nageur aux côtes saillantes manœuvrant bras et jambes nues sa périssoire ou plongeant dans la mer, l'eau ruisselant sur sa peau de cuivre, un slip de bain foncé accusant son bronzage de jeune dieu. Éclaboussures, éclats de rire, nage éternelle dans l'eau bleue des îles Kerkennah, toute la mer et tout le désert à boire.

Le plus grand trouble littéraire qui me soit venu à propos de mon père remonte à plusieurs années avant sa mort, lorsque j'entrepris la lecture d'un récit de Paul Auster, *L'invention de la solitude*. Auster raconte son père, le mien, la mort d'un homme seul et absent de lui-même, hantant une maison délabrée, disputant des parties de tennis, voyant ses amis mais demeurant aux yeux de tous et à ses propres yeux un homme invisible. « Il n'avait pas l'air d'un homme occupant l'espace mais plutôt d'un bloc d'espace impénétrable ayant forme humaine, écrit Auster. Le monde rebondissait sur lui, se brisait contre lui, par moments adhérait à lui, mais ne l'avait jamais pénétré. » J'ai reconnu aussitôt cette obstination que mon père avait mise à laisser se dégrader la maison dans laquelle ils avaient vécu avec ma mère. Rien ne devait survivre à leur amour enfui, pas même une fleur. Il n'avait rien touché, rien entretenu. Il s'était contenté de regarder le temps accomplir son œuvre de pourrissement. Le tennis, la solitude, le laisser-faire jusqu'à l'abandon des objets et des lieux, la disparition de son vivant, c'était lui. Même la course à pied forcenée, à la fin, en sus de la bicyclette, fut sa façon de s'effacer peu à peu, de perdre en substance, de rétrécir, de se gommer, de n'être plus qu'une silhouette affûtée, de ne plus vraiment peser sur la terre et sur rien, tant il avait maigri, s'était creusé, sculpté, finissant par ressembler dans sa ligne efflanquée à l'Américain de terre cuite modelé par sa mère.

« Je savais qu'il me faudrait écrire à propos de mon père, réalise Auster au moment où il prend la route du New Jersey à peine connu son décès. Je n'avais pas de projet, aucune idée précise de ce que cela représentait. Je ne me souviens même pas d'en avoir pris la décision. C'était là, simplement, une certitude, une obligation qui s'était imposée à moi dès l'instant où j'avais appris la nouvelle. Je pensais : mon père est parti. Si je ne fais pas quelque chose, vite, sa vie entière va disparaître avec lui. »

C'est commencé. Je me souviens de tout. Je construis le contraire d'un tombeau. Pas un berceau non plus. Un monument de papier en bric-à-brac, il aimait bien, papa, les bric-à-brac et les histoires à dormir debout. Je me souviens des numéros qu'il joua pendant des années au tiercé, toujours les mêmes, le 5, le 15 et le 8, dans cet ordre précis, j'ignore pourquoi. Je me souviens de l'immatriculation de sa voiture, la 4L blanche, 8072 BZ 33. Je me souviens de la rue Frédéric-Bentayoux à Bordeaux près de la cité du Grand-Parc, du 20 rue Bazoges à La Rochelle, où il prenait le soleil sur les marches, entre deux clients, dans sa blouse blanche boutonnée à la taille, torse nu dessous. Une de mes amies de fac lui trouvait un air de Leonard Cohen et moi je laissais dire. Je me souviens du 05 46 01 94 46, les derniers mois il n'y avait plus sa voix sur le répondeur mais un message impersonnel d'opératrice, et à présent plus rien. Je me souviens de son adresse, 25 rue de la Croix-Paillée devenue Croix-de-Paille, 17170

Ferrières-d'Aunis, et je me souviens qu'à mes débuts, sous un pseudonyme, dans le journal *La Croix*, je signai des dizaines de fois Michel Ferrières des articles sur les matières premières, félicitant mon père d'être si prolixe dans un journal à bon Dieu, lui le mécréant qui me porta chance mieux qu'une coccinelle, mais à présent envolé, c'est-à-dire volé à moi, à nous, à tous. Je me souviens qu'il était né le 30 août 1937, sous le signe de la Vierge.

10

Notre vie ensemble s'était enfuie bien avant l'épi-
logue à la carabine. Les albums de photos maternels
qui sommeillent dans ma maison de campagne ne
portent plus la trace de mon père depuis longtemps. Les clichés enlevés ont laissé des marques
blanches comme des tableaux décrochés après avoir
séjourné de longues années sur les mêmes murs.
Les séparations ne sont guère propices aux musées
familiaux. Les souvenirs se dispersent pareils aux
étourneaux qu'une détonation fait s'enfuir. Des
photos de mon père, j'en possède quelques-unes, y
compris des petits tirages de chez Muro, le Har-
court de La Rochelle qui tirait des portraits sobres
pour les papiers d'identité. Papa en noir et blanc,
polo ras du cou, pomme d'Adam saillante, regard
clair sous l'arc épais des sourcils, visage anguleux,
longues pattes le long des oreilles, visage rasé de
frais. Certaines images sont fixées dans mon souvenir. Elles représentent Michou en militaire, parfois
tête nue, parfois avec le képi blanc des légionnaires,

son éternel sourire à la Fernandel accroché aux lèvres. Il y a aussi cette photo où il est en permission sur la plage d'Oran, 23 juin 1958, il a encore vingt ans, c'est la guerre d'Algérie et jamais il ne m'en a parlé, jamais sauf une fois. C'était au milieu des années 1980. Un homme m'avait appelé. Un prêtre, le père Vincent. Il vivait au Pérou, à Arequipa, où il enseignait le marxisme. C'était un prêtre de la théologie de la libération, admirateur de Flora Tristan dont il évoquait le souvenir avec la piété d'un amoureux. Il était de passage à Paris et se demandait, après avoir lu mon nom dans *Le Monde*, si j'étais parent de son ami Michel qu'il avait perdu de vue depuis l'Algérie. Mon père ami d'un prêtre ? Même si Vincent enseignait la doctrine du grand Karl, même si papa portait Marx comme deuxième prénom, j'étais interloqué. Je répondis avec fierté au père Vincent que j'étais le fils de Michel. N'ayant plus revu son frère d'armes depuis une éternité, il avait pris cette information pour argent comptant, sans se livrer à de délicats calculs d'âge... Ceux qui avaient connu mon père à son retour de la guerre savaient que le beau Michou, bourreau des cœurs avec sa tête d'angelot, n'avait pas encore de fils. Papa, devenu homme des bois et mettant grand soin à ne pas voyager plus loin qu'aux alentours de sa maison, me stupéfia : sans se faire prier — Vincent n'eût pas osé —, il prit un train pour Paris. J'essaie de me remémorer ce qu'ils dirent lors de ce dîner. Le père Vincent ressemblait à un guérillero tout droit sorti de l'imagerie révolutionnaire, moustache épaisse et noire, regard intransigeant d'intellectuel derrière de fines lunettes. Avec mon père ils faisaient la paire, lui le mécréant et son vieil ami intime d'un Dieu latino revisité par le grand Karl... Il fut question d'embuscades, d'atrocités, d'absurdités. Jusqu'au moment où le prêtre évoqua cette tête coupée qu'ils gardèrent plusieurs jours et plusieurs nuits, roulée dans une couverture. Était-ce la tête d'un des leurs, ou d'un fellagha? J'ai oublié. Je me souviens seulement de cette image qui me hanta longtemps, celle de mon père chargé d'emmener je ne sais où cette tête coupée. Revenu de la guerre d'Algérie plein de blessures d'âme et de corps, il resta longtemps dépressif. Un matin, au cri de «Patrouille dans les Aurès!», il mitrailla la cuisine de mes grands-parents et manqua tuer sa propre mère.

En 2004, ayant compris que chez moi l'origine du roman était avant tout le roman des origines, je publiai *Korsakov* comme un dû aux Fottorino, à mon père, à son père, à toute la tribu. C'est ce moment que choisit papa pour me dire, l'air de rien : « Au fait, j'ai un cadeau pour toi. » C'était un soir d'été à Ferrières. Il disparut et revint quelques minutes après avec un stylo bien nommé à plume tant il était léger. Un stylo cylindrique en bois ceint d'une feuille d'or sculptée où on distinguait la marque Kaolux. La pointe, elle aussi dorée, se rétractait, sortant ou rentrant à condition de tourner une petite virole ronde à l'extrémité opposée. « Un jour à Oran, j'étais troufion, je me suis allongé dans le sable et, sous ma tête, j'ai senti un morceau de bois. C'était ce stylo. » Il me l'a tendu comme une récompense, mon grand prix littéraire, le plus beau qui soit. Toutes ces années il l'avait gardé Dieu sait où, sans rien dire. Avant de décider qu'il me revenait, qu'il était mien comme j'étais sien. Ce stylo trône toujours sur mon bureau, dans une boule creuse de bois précieux et multicolore. J'ai fait réparer la plume mais elle accroche et écorche le papier, à croire qu'un grain de sable invisible est fiché dans la fente d'acier, un morceau d'Algérie qui ne veut pas que l'encre s'écoule, elle a déjà tant coulé. Alors je laisse le stylo devant moi pour le regarder, pour vérifier que la plume obéit à mon doigt. Parfois je l'humidifie en la trempant dans une petite bouteille d'encre noire et je trace quelques mots. Le crissement du papier. Je revois mon père, son sourire de presque septuagénaire quand il me le montra pour la première fois, ayant attendu que je sois un homme, un écrivain à ses yeux, le garde-mémoire de toute leur histoire de déracinés que j'avais consignée dans mes « il était une fois ». Je revois ce sourire et je le superpose à celui du jeune homme insouciant qu'il était sur la plage d'Oran, étendu de côté en uniforme crème et béret à étrave de navire, un coude dans le sable, regard dans le vide, un peu absent, pommettes hautes, les yeux fermés dans le soleil — deux fentes horizontales —, le

71

port droit et noble d'un Corto Maltese, se demandant ce qu'il fera de ce stylo trop beau pour signer des papiers de soldat ou des lettres à ses parents que de toute façon il oubliera d'écrire.

Je ne veux pas trop regarder ces photos. Leur souvenir me suffit. Papa en militaire mangeant avec ses copains autour d'un char de combat, sous le soleil. Ils ont déposé leur nourriture dans une pelle et rient d'être si jeunes et encore vivants. Je ne peux résister à l'envie de le revoir, alors c'est plus fort que moi, comme on gratte jusqu'au premier sang une piqûre d'insecte. Sous mes yeux, sorties d'une enveloppe, de petites photos aux bords crénelés, jeunes hommes en flottant et maillot uni ou rayé, trois debout — dont mon père —, deux accroupis. Au dos ces mentions, consignées au crayon de papier puis reprises à l'encre noire : « Stade Ceccaldi de Sfax. Artigan, Amar. Moi. Cohen. Tarento Marcel. Score 1-1. » Ou encore, toujours au dos, un tampon rouge encadrant ces mots : « Espérance Sportive de Tunis. 3, rue Bab-Carthagène », et le simple nom de Fottorino à l'encre bleue. Je suis frappé par la finesse de ses traits. Son air mutique. Il émane de lui une expression animale, sauvage et douce à la fois, virile et gracile. En Tunisie, où les filles sont comparées à des gazelles, on dirait qu'il est gazellement beau... Parfois il a posé sa main sur l'épaule d'un copain. Ou sur un ballon de cuir qui paraît peser une tonne. Ou alors il tient nonchalamment une mitraillette sur son épaule et, comme s'il fallait apprivoiser la mort déjà, il sourit de toutes ses dents. S'il ne porte pas un bob blanc d'infirmier ou d'apprenti kiné sur la tête, on voit ses cheveux, sa masse de cheveux noirs soulevée tel un soufflé, un James Dean brun ou un Monty Clift, qui alterne sourire et ombrage comme si des nuages parfois venaient voiler son soleil. Des nuages à l'intérieur. Il donne l'impression de penser loin, d'être ailleurs, ou très profond en lui, dans un abîme. Hors d'atteinte.

11

Avant il n'y avait que des femmes. Ma mère, sa mère, des femmes avec leurs douleurs et leurs tristesses, l'une trop jeune et l'autre trop vieille, deux solitudes avec mon enfance au milieu. L'arrivée de Michel a tout changé. Fini le vendredi maigre et la messe du dimanche — lui qui ne croyait qu'au foot. Fini Bordeaux la sombre et bonjour La Rochelle au soleil. Fini le fils unique sans père — si c'est pas malheureux —, bonjour au bonheur en famille, père et mère, et un, et deux et trois garçons. Tout avait changé soudain. Une voix d'homme, des vêtements d'homme, des chaussures de cuir, mocassins noirs ou clairs à languette lustrée, des souliers à crampons avec chaussettes rouge et blanc et protège-tibias pour les jeux du stade. Raquettes de tennis et balles Dunlop, neuves et moussues, ou rasées comme des moines à force de coups droits et de smashs, jeu, set et match. Le journal *L'Équipe*. Le couteau à manche noir qu'il tenait de son grand-père. Et dans la salle de bains, une boule blanche de savon à barbe constellée de poils sombres coupés ras, un blaireau touffu à manche de bois poli, des lames Gillette avec le rasoir mécanique, l'after-shave dans son flacon de verre... Zorro était arrivé, sans se presser, le grand Zorro, avec son charme et son grand chapeau. Ses auréoles blanches de fumeur de Gitanes et la barbe à papa de sa mousse à raser.

Imaginer cela près de quarante ans plus tard me donne encore le frisson, ce matin où, par je ne sais quelle inadvertance, le numéro de papa s'est affiché sur mon téléphone portable (je me suis empressé d'éteindre sans pour autant l'effacer), comme s'il était en train de m'appeler. Lorsque ma mère mit au monde mes frères à Bordeaux, à dix-huit mois d'intervalle, août 1970 et décembre 1971 — frater-nité d'été, fraternité d'hiver —, mon père et moi restâmes à La Rochelle, «entre hommes», avait-il décidé. Le soir il m'emmenait au restaurant et notre grand plaisir était d'écouter les conversations des tables voisines, toutes oreilles tendues. Ensem-ble on souriait des propos bébêtes, on se moquait des ridicules, des importants. Quelle complicité naquit dans ces regards rieurs que nous échan-gions par-dessus une entrecôte frites ou une poi-gnée de langoustines de La Cotinière! Une fois, entendant un petit groupe évoquer la guerre d'Al-gérie et affirmer des choses qui le mettaient en pétard, il finit, n'y tenant plus, par intervenir dans le débat, sa tête d'Arabe le plaçant aussitôt dans le camp des coupables. J'ai oublié de quoi il s'agissait précisément. Me reste en mémoire ce visage sombre soudain, sourcils froncés, yeux noirs, mine charbonneuse, comme un ciel bleu qui vire à l'orage. On se leva précipitamment, je ne sais plus si nous prîmes un dessert. On mit les voiles direction le cinéma du Dragon où on jouait un de Funès, *Le Gendarme en balade* et ses nénettes dénudées sur les plages de Saint-Tropez qui nous rendirent le sourire jusqu'au fou rire.

Papa n'était pas du genre à se laisser marcher sur les pieds, surtout quand il allait acheter des chaussures. Le souvenir me cuit encore de cette paire de Kickers couleur azur qui me plaisaient plus que tout au monde. Je les aimais tant que je les avais gardées aux pieds à l'instant de quitter le magasin. Mon père écumait en préparant son chèque. Je savais déjà lire ses colères muettes, le sang qui refluait de son visage, sa pâleur grise soudain, son nez pincé avec narines frémissantes, le souffle tout à coup très lourd et très court. Il faut dire que la vendeuse avait déjà proposé un cirage spécial, une brosse ad hoc pour le cuir, autant d'assauts qu'il avait repoussés d'une politesse de plus en plus contrainte. Mais lorsque, au moment de payer, la vendeuse avait joué son va-tout en suggérant l'achat de chaussettes, mon père avait explosé, se tournant vers moi et lançant un définitif : « Éric, tu enlèves ces chaussures, on s'en va. » Le patron eut beau défendre sa vaillante employée devenue cramoisie, la sentence paternelle était tombée. Je réenfilai mes vieilles godasses et laissai sans piper les belles bleues avec leur rond de cuir couvrant à merveille l'os dit de la malléole (fils de kiné, je jouissais d'un savoir anatomique précieux). Mon père fit la leçon au propriétaire de la boutique en disant qu'il était venu acheter des chaussures à son fils et que s'il avait eu besoin d'autre chose, il avait lui-même une langue pour le demander. On partit sans se retourner. Je n'ai pas le souvenir qu'un gendarme de Saint-Tropez soit venu me consoler...

Mon père était un tendre qui nous élevait à la dure tout en répétant que, «de son temps», il apprenait à marcher droit autrement qu'aujourd'hui, cet aujourd'hui se situant au début des années 1970. S'il me trouvait somnolant dans l'auto sur la route de l'école, il n'hésitait pas à tirer d'un coup sec le déflecteur pour que l'air frais du matin me réveille dare-dare. Je me souviens de cette gifle soudaine qui venait du dehors, sous son œil satisfait. Lui non plus n'hésitait pas, lors de longs périples automobiles, à inspirer et expirer bruyamment pour se redonner du tonus, toutes vitres baissées. Si une règle de mathématiques me laissait sec, il tapait — légèrement — du poing sur mon crâne en demandant si c'était bouché là-dedans. Fidèle supporter du coureur cycliste que j'étais adolescent, il ne lui arrivait pas moins, les jours où je paressais trop à son goût au milieu du peloton, de me lancer du bord de la route : «Si tu ne roules

pas plus fort, tu rentreras à la maison à vélo ! »
Plaisanterie mi-figue mi-raisin que j'accueillais avec
un certain sérieux quand la course se disputait loin
de chez nous... Mes adversaires, qui apprenaient
ainsi à connaître mon père, goûtaient particulièrement son sens de l'humour.

12

Je ne lui ressemble pas. Nul de mes traits, aucune expression de mon visage ne remonte à lui. Rien de commun, pas le moindre cheveu, mon crâne a le luisant des boules de billard quand le sien jusqu'au bout échappa à l'érosion, douceur soyeuse de sa chevelure sur son lit de mort. Inutile de me scruter dans la glace pour espérer retrouver la plus petite parcelle de lui. Je regarde plutôt mes jeunes frères et cela tombe bien car ils ont aujourd'hui l'âge qu'il avait quand j'ai pu, après une longue rééducation, l'appeler papa. François a pris le sourire, la peau mate, ce petit air soupe au lait ou pince-*prince*-sans-rire qui ajoutait au charme naturel de notre père. Jean, le plus jeune de mes frères, a pris les traits à la serpe de papa, son visage allongé presque triangulaire, son sourire aussi, une nuance du regard, une pointe de malice. Si je superpose François et Jean, je ne suis pas loin de trouver Michel, nonobstant la douceur de notre mère, de sa peau claire tachetée de grains roux qui heureusement a aussi donné à mes frères un héritage maternel que je partage avec eux.

Papa ressemblait à son père, mais les voilà tous deux réunis parmi les morts d'un cimetière de Dax, il n'y a plus moyen de s'extasier de leurs voix communes, de leurs mimiques semblables, de leur appétit de vivre. Il reste à fermer les yeux pour réveiller le souvenir.

Plus d'une fois pourtant, il m'a semblé que je lui ressemblais, que je me comportais dans la vie comme lui se serait comporté. À force d'être mon modèle, il avait déposé son empreinte sur moi. Je finissais par prendre ses intonations, ses mouvements de sourcils. Enveloppe vide, je m'étais rempli de lui. Je le copiais à merveille, un vrai singe. Et quand un soir, descendant la rue du Palais à La Rochelle, un de ses amis confiseur nous avait surpris à chiper des bonbons dans une grosse corbeille multicolore, c'est au cri de « tel père tel fils ! » qu'il avait stoppé notre razzia, saluant de surcroît notre ressemblance supposée. Mon père et moi nous étions regardés sans un mot, puis on avait ri ensemble de cette flatterie. Chacun de nous était heureux qu'un étranger ait pu gober que nous étions vraiment père et fils de sang. Tant pis si c'était juste pour faire plaisir, tant pis si le confiseur n'en pensait pas un mot : il l'avait dit et nous avions envie de le croire.

Comme c'est injuste pour ma mère de l'écrire, elle qui fit tant pour me tenir à l'abri du malheur jusqu'à l'âge de neuf ans, malgré l'absence d'un père, malgré tous ses doutes et ses humiliations de fille mère dans la France provinciale des années 1960. Comme c'est injuste d'écrire que je suis vraiment né le jour où Michel Fottorino a franchi le seuil de notre appartement de la cité du Grand-Parc à Bordeaux, qu'il m'a fait chausser des souliers à crampons pour que je joue — une vraie brêle je l'ai dit — gardien de but des poussins du Bordeaux Étudiant Club où il était connu pour ses exploits d'arrière infranchissable. Je suis né quand j'ai pu un jour le ceinturer de mes bras et l'appeler papa sans qu'il ne fasse rien d'autre que me passer sa main dans les cheveux. Je suis né quand il a trouvé que ma mâchoire inférieure avançait un peu trop et qu'il montra à son beau-frère André, mari de Zoune et dentiste de son état à Pontaillac, qu'il montra d'urgence ce qui menaçait de devenir un menton en galoche... Je suis né quand il unit sa voix à celle de ma mère pour m'exhorter à me tenir droit, à ne pas marcher voûté, à placer mes épaules en arrière pour dégager ma cage thoracique. Je l'entends encore me répéter « tiens-toi droit ». Leçon apprise et retenue.

Ce soir je nous revois, allez savoir pourquoi, à la grande fête foraine des Quinconces à Bordeaux, un soir d'été. Nous sommes montés dans une nacelle de la grande roue, lui, maman et moi. On se balance doucement tout là-haut, la ville nous appartient, dans la nuit illuminée de l'autre côté des Chartrons et de la Garonne. Après, on a pris place sur le grand huit et il n'oubliera jamais ma langue tirée, mes yeux exorbités, quand notre chariot tombera dans l'à-pic des rails avant de se redresser vigoureusement sur le côté. Avec ma mère ils en riaient encore des années plus tard, comme aussi lorsque je récitais à l'envi « Le Héron au long bec emmanché d'un long cou »... Mes parents étaient bon public. Quand les choses sont allées de travers, j'ai tenté de rester droit.

13

J'imagine. Il s'est installé dans sa cuisine pour m'écrire, pour écrire à mes frères. Par qui a-t-il commencé ? Comment est son visage à cet instant ? Est-il soulagé ? Est-il calme ? Oui, je le devine très calme, maître de lui, de ses gestes et des mots qu'il inscrit sur le papier, très lisiblement. Il n'a pas dû allumer la radio. Il n'écoute que lui, rassemble ce qu'il veut nous dire avant de partir. Il a toute sa cohérence d'homme résolument libre. Il reprend sa liberté. Une fois sa plaque dévissée, il a perdu son statut, sa raison d'être, ce que les sociologues qu'il n'a jamais lus appellent le don et le contre-don, l'engagement aux autres que rien ne peut éteindre. Il aimait qu'on ait besoin de lui. Il ne supportait pas d'avoir besoin de quiconque.

Il écrit. Il est lui-même. Jamais il n'a été si bien qu'à cet instant, je crois. Il est libre car il s'est libéré de tout ce poids. Il n'a plus qu'à dérouler. C'est réglé comme du papier à musique. Il va mourir, et alors, puisque la mort ne lui fait pas peur. Il est seul dans sa maison délabrée. Peut-être entend-il au loin un chien qui aboie mais il ne tressaille pas. Ses chiens sont morts et enterrés. Phartas, Ben, Tac, ses chiens de chasse qui couinaient en rêvant, leurs pattes avant grattant l'air. Ne lui reste qu'un fusil, des cartouches de rien du tout. Est-ce qu'il se représente le visage de chacun à mesure qu'il avance dans ses courriers d'adieu ? Et si l'un de nous l'avait appelé à ce moment, aurait-il seulement répondu ? Aurait-il pris sa voix dégagée, aurait-il donné le change, parlé du beau temps, avant de retourner à sa tâche ? Je me demande s'il a revu la Tunisie, s'il a revu la moindre chose qui aurait pu le rattacher encore à la vie. Sûrement pas. Il a agi avec méthode, sans se plaindre, et de quoi se plaindrait-il ? Il a eu une belle vie. Il va la finir dans la pleine force de l'âge, avec sa santé insolente. La mort lui inspire de l'indifférence. Il ne laissera pas la vieillesse approcher.

14

Aujourd'hui je le retrouve dans mes livres. Là, il revit dans l'air léger des pages qui se tournent, dans l'odeur de l'encre et du vélin. Un roman, ce sont des tripes, des sentiments, des fragments d'existence en toutes lettres. Quand on écrit on ne sait pas tout ce qu'on écrit. Gide avait constaté cela, il disait vrai. L'ancien enfant que j'étais pouvait-il deviner qu'il transformait son père en une immortelle statue? Tourner la page, l'expression prend un sens nouveau à mes yeux. En tournant les pages, je lui redonne vie. Tourner la page, c'est le contraire de faire disparaître. C'est ranimer, ressusciter, une voix, la sienne, sa silhouette, son regard, ce fond de gentillesse au milieu de ses silences bourrus.

Je me souviens du premier roman, *Rochelle*. J'avais chargé mon père de trouver une illustration pour la couverture. Il s'était acquitté de sa mission, dénichant une carte postale toute simple, une aquarelle bleu pâle représentant les tours du port de La Rochelle avec un blanc en lieu et place de la mer. Je lui avais raconté que dans *Rochelle* la mer disparaissait. Et elle avait bel et bien disparu, laissant les vieilles tours comme de fragiles vaisseaux de pierre échoués au milieu du néant. Parole d'or, parole d'homme. Mon père était un homme de parole et pas de lettres. Il écrivait peu, et s'il le faisait, c'était d'une écriture linéaire, entièrement aplatie comme une ligne discontinue seulement hérissée d'accents et semée de points. C'était une partition qu'il fallait déchiffrer, souvent avec difficulté. Sauf la dernière fois qu'il m'écrivit, où pour la première fois il avait pris soin d'arrondir les angles aigus de son style télégraphique qui tenait d'ordinaire du morse, de l'arabe et de je ne sais quel phrasé musical, d'une urgence couchée sur papier, lui qui n'était que nonchalance. Le jour où je lui avais remis un exemplaire de *Rochelle*, il était resté un long moment à contempler la couverture, sa couverture, et ce nom, son nom que je lui rendais en plus grand, impeccablement imprimé. Nom et renom. Naissance et reconnaissance. Il m'en fit dédicacer quantité pour ses clients, ses partenaires de tennis, l'œil plissé de satisfaction pendant qu'il prenait connaissance des mots personnels que j'adressais à chacun, selon les indications qu'il me glissait (celui-ci est un ancien capitaine de la marine marchande, celui-là roule ses cent bornes par jour à vélo...). Dans *Rochelle*, il s'était reconnu sous les traits d'Étienne Dupaty, marchand de cannes à pêche et d'amour paternel, tenant boutique dans une rue commerçante de la vieille ville. Il en avait rosi de confusion, ses amis le complimentaient d'être devenu un héros de roman, il bichait modestement, une brillance plus soutenue dans le regard trahissant son bonheur muet.

Je relis ce que j'écrivais à trente ans passés, un hommage au premier homme de mon existence.

« J'aime Étienne. Ne vous trompez pas sur le sens de cet amour crûment déclaré. Je le puise dans le vide qui a précédé l'entrée de ce père dans ma vie. Avant de séduire Lina, c'est moi qu'il a conquis. Il a bien manœuvré. S'il n'avait su m'apprivoiser, je l'aurais éloigné, éliminé, comme d'autres avant lui. Les adultes ne se méfient jamais assez du regard des enfants, le mien était terrible. Je crois qu'on s'est d'abord aimés tous les deux. Et, pour me faire plaisir, il a prié Lina de l'épouser en se jetant à ses pieds. Il sait se montrer grand seigneur. À présent je ne peux parler de lui qu'en amoureux. Cela vous semblera ridicule, cela vous dérangera peut-être, mais ne comptez pas sur moi pour m'y prendre autrement. »

Je suis troublé de redécouvrir que dans *Rochelle* j'avais fait de mon père un marchand d'articles de pêche mais aussi de fusils de chasse.

Puis ce passage, vers la fin du livre :

« La scène est inscrite à l'encre indélébile dans ma mémoire. Allongé sur mon lit, je lisais une aventure des *Six compagnons*. La poignée de la porte tourna, Étienne vint s'asseoir près de moi. Il était gauche et intimidé comme le sont parfois les gens simples face à un enfant. Il se frotta les mains et, regardant petit Paul, il lui dit que, s'il le voulait bien, il deviendrait son père. "Tu pourras m'appeler papa puisque tu porteras mon nom." Il avait tapoté la joue du garçon et s'était levé. »

Treize ans plus tard, dans *Korsakov*, mon obsession filiale est revenue comme une maladie dont je ne veux surtout pas guérir. Mon père ne s'appelle plus Étienne mais Marcel. Il élève les huîtres dans un village proche de La Rochelle, ma mère s'appelle toujours Lina. Un passage fidèle aux premiers élans de *Rochelle*, obsession de tourner toujours autour du même gouffre, vertige de l'amour. Voici le passage :

« Un soir qu'il était couché, attendant le baiser de Lina, François a vu paraître l'ostréiculteur avec sa carrure terrible et sa peau tannée par le soleil, son œil et son cheveu noir, ses mains formidables. François a eu la sensation que l'océan était entré jusque dans sa chambre pour l'emporter.

« Ce fut simple comme bonjour. Marcel demanda à l'enfant s'il voulait bien qu'il devienne son père en même temps qu'il épouserait Lina. Bien sûr, continua Marcel sur sa lancée car il n'avait guère l'habitude des enfants et préférait tout dire dans le même souffle, bien sûr, s'il le voulait aussi, François s'appellerait Signorelli et comme ça ils feraient une famille à eux trois. »

Me revient cette image, nous sommes ensemble sur les rochers luisants de Nieul-sur-Mer, en maillot de bain, toi foncé comme un sanglier de Tabarka et moi bronzé aussi, père et fils, sur un parterre d'algues, on se ressemble presque, il n'y a pas si longtemps que je t'appelle papa pour de bon, une éternité pourtant. Ta rééducation a réussi.

15

Plus je me relis et plus je me relie à lui. Il y a quelque impudeur à se citer. Jamais je n'aurais imaginé le faire si ce n'était mon seul moyen de l'approcher au plus près.

Mon père apparaît comme une métaphore dans *Un territoire fragile*, roman qui met aux prises une jeune femme de vingt ans souffrant de tous ses membres et un « accordeur de corps », personnage mystérieux plein de délicatesse qui se définit ainsi : « J'accorde les muscles et les vertèbres comme un guérisseur de piano rend leur souplesse aux cordes martelées de la table d'harmonie. C'est toute ma vie, accorder. Au fond, je ne connais pas d'œuvre plus humaine. » Tout mon père est là. L'immense sollicitude qui va de ses yeux à ses mains, la chaleur de son regard entièrement canalisée par ses paumes et chacun de ses doigts. J'admirais le kiné qu'il était. Kiné était-il le mot juste, ou faut-il parler de sorcier avec un fluide qui lui rendait accessible l'envers de la peau de ses patients ? Après mon bac j'avais envisagé de suivre ses pas ou plutôt ses mains. J'avais préparé le concours d'entrée à l'école de kinésithérapeutes jusqu'au jour où j'avais réalisé que, à la différence de mon père, j'aurais été incapable de toucher un malade, de lui apporter un soulagement par le seul contact de mes mains. Je n'imaginais pas que les kinés modernes usaient moins de leur toucher que de matériels toujours plus sophistiqués. Comme en tout, mon père était mon modèle, lui qui recevait ses clients un par un, pour mieux les suivre et les aider dans leur rééducation. Je crois aussi qu'il leur apportait du réconfort avec sa voix.

C'est une révélation pour moi que de relire ces pages endormies d'*Un territoire fragile*. À travers les yeux de la jeune héroïne Clara Werner, qui donne sa confiance à l'accordeur, je revois le cabinet de mon père, je l'entends parler. Les mots que je lui prête, il ne les a jamais dits : ils imprégnaient l'air quand il exerçait son art, sans doute s'imprimaient-ils sur la peau de ses patients comme ils sont imprimés dans la cire obscure de mon cerveau.

Par où commencer ? Le cabinet de mon père vu par les yeux de Clara. Nous y sommes. J'y suis.

« Sa salle de soins était un espace à peu près vide composé de grilles murales où pendaient dans une disposition incertaine poulies et cordelettes. Debout se tenait l'écorché d'un homme en cire d'abeille, les muscles saillants et colorés comme des berlingots de fête foraine, vision dure, ou des pelotes de laine, vision douce. Par terre étaient alignés de petits sacs en peau de renne d'une inégale grosseur et remplis de sable. Je vis encore quelques haltères minuscules dont le poids maximal, c'était inscrit, ne dépassait pas les deux kilos. Des rondelles de fonte empilées servaient de lest. Il y avait aussi des balles de tennis. J'ignorais encore combien elles pouvaient soulager un cou verrouillé. Il me fallut plusieurs séances pour remarquer le médecine-ball sur lequel s'asseyait l'accordeur lorsqu'il me faisait allonger au sol sur un fin tapis de mousse, pour effleurer mon dos avec sa paume tiédie à l'huile de massage. Un parfum d'amande et de camphre montait dans la pièce. Deux lampes d'angle diffusaient une lumière tendre. »

L'homme en cire d'abeille mis à part, et la peau de renne (le roman se situe en Norvège...), nous sommes dans l'ambiance qui, pendant quarante-cinq ans, fut le décor de mon père, toute sa vie.

C'est à lui que je pensais en écrivant ce livre, en parcourant le « territoire fragile » que constituaient le corps et l'âme blessés de Clara. Ce sont ses mains que je décris dans le regard de Clara quand elle dit : « Je ne vis d'abord que ses mains, des mains fermes, amples, très ouvertes entre le pouce et l'index, d'une grande finesse et pourtant puissantes, j'aurais dû dire perçantes, tant ses doigts longs et délicats semblaient capables de voir. » Toutes ces lignes épousent les lignes de ses mains, la trajectoire de son regard quand, trouvant à sa portée un être souffrant, il déployait son énergie à vouloir le soulager.

Mon père préférait se taire et agir seulement avec ses mains savantes. Ses leçons de choses et de corps se sont inscrites en moi comme à mon insu. L'homme aux mains d'or, devenu «l'accordeur» du *Territoire fragile*, m'a tout appris des secrets du Meccano humain, creux poplités, reliefs en plein, muscles à renforcer, muscles à étirer, à tendre, à fléchir, univers viscéral, lignes méridiennes, astragale et malléoles, région sacrée, tendons, ligaments, tapis volant du souffle, plexus et cicatrices, points d'angoisse, épigastre, péritoine. Quand j'ai eu vingt ans, il a commencé à me transmettre sa lecture des corps. Parfois, il attrapait mes mains et il les palpait longuement. Cela donnait, reconstituées, ces paroles d'«accordeur» : «Souviens-toi, me disait-il s'il était en veine de confidences (un mot que je confonds volontiers avec confiance). La mémoire est vigilante, elle avoue ce qu'elle veut bien. À tes mains de voir. Lis les peaux en aveugle. Tes mains doivent être aimantes, je veux dire avoir la force des aimants. Un coup sur la peau, c'est un caillou dans l'eau. Il donne naissance à des ondes invisibles, des arcs de cercle ordonnés autour du point d'impact. Si tes mains sont bonnes, elles trouveront ces courbes et remonteront à l'origine du choc. L'art est de sidérer la douleur, de la frapper de stupeur. Sous la cuirasse dort une faille. »

« L'accordeur » — le double de mon père en plus loquace — poursuivait par une petite leçon sur les muscles. « Plus de cinq cents muscles dans un corps humain, des lisses, des striés, des "en éventail". C'est facile : les striés obéissent à la volonté, le biceps, le couturier, les jumeaux des chevilles, à la volonté de marcher, de courir, de s'enfuir. Le cœur aussi est un muscle strié. J'en déduis qu'on peut décider la seconde de sa mort. Une vie bien remplie représente cinq milliards de battements. »

Étonnant savoir qui a infusé en moi au contact de mon père, quand il me faisait entrer discrètement dans son cabinet, les soirs de grande virée à bicyclette. J'arrivais fourbu, je me douchais, puis il m'installait dans la pièce voisine — séparée par un simple rideau — à celle où un patient patiemment réapprenait à marcher, retrouvait l'usage d'un pied, d'un bras, d'un coude, d'un genou. Je restais allongé sur le ventre, en slip et tee-shirt, attendant que mon père arrive enfin avec son flacon d'huile d'amande douce pour réparer mes muscles et mes reins endoloris. À côté, j'entendais sa voix tranquille et ferme : Relevez-vous doucement, pliez doucement, étirez doucement. Doucement, doucement, doucement. Cela ressemblait à une leçon de musique sans musique : Plus souple cette main, harmonisez les mouvements. Il m'arrivait de m'endormir. La séance se poursuivait, les mots pénétraient mon esprit, une odeur d'embrocation montait par-delà le mince rideau de jute ou de coton, redressez-vous doucement, doucement. Doucement je me réveillais, le parquet craquait, le patient repartait sur la pointe des pieds, ses souliers à la main. Nous nous retrouvions tous les deux, et ma peau et mes muscles redevenaient de la soie pendant qu'il me posait des questions, toujours les mêmes : Combien de kilomètres? Y avait-il du vent? Qui était là? Avais-je gagné des sprints aux pancartes des villages? Est-ce que je m'étais fait mal sur ma bécane? Et maintenant, où avais-je mal au juste? Il passait délicatement sur l'os du fémur, sur mes muscles mâchés comme du carton bouilli. Après il ne parlait plus; restait seulement le bruit mat de ses mains huilées sur mes jambes rasées de cycliste qui rêvait de gagner le Tour, de porter le maillot jaune. Rêves accidentés à vingt ans mais, à quinze ans, j'y croyais dur comme Tourmalet et mon père ne faisait rien pour me dissuader car ça lui plaisait bien l'idée que je me dépasse, me surpasse, que je me forge un caractère. Il évoquait quelques souvenirs, les massages prodigués au hasard à de jeunes coureurs du Tour de l'Avenir, dans les années 1960. Il était mon accordeur, de corps et de cœur.

Les jours de course, il était aux petits soins. S'il me laissait tout de même lacer mes souliers cambrés de torero, il se chargeait de préparer mon vélo, envoyait des kilos d'air dans les boyaux avec une pompe à manomètre dont il écrasait vigoureusement la poignée de bois jusqu'à voir l'aiguille toucher le chiffre 7. Je restais à l'arrière de la Lada, sa voiture fétiche (et la justification, avec cette auto communiste, de son prénom Marx...), assis dans le coffre grand ouvert, pendant qu'il fixait les roues, inspectait le dérailleur, les manettes de vitesses, les courroies de cale-pieds, préparait un bidon d'eau fraîche ou, par temps froid, de thé brûlant sucré au miel. Avant le départ, j'avais droit à un bref massage avec une crème chauffante, il tapotait mes muscles davantage qu'il ne les massait en profondeur : il s'agissait d'être tonique. Peu lui importait au fond que je gagne, même s'il exultait intérieurement de mes victoires. Ce qui comptait à ses yeux, c'était le panache, la bagarre, l'assurance que j'y avais jeté toutes mes forces. Vers vingt ans, il me laissa constater l'écart entre le bon coureur que j'étais et la classe d'un vrai crack capable de gagner le Tour. Il savait que la volonté ne peut seule donner le talent. Il eut la sagesse de me laisser le découvrir, sans que jamais il ne brise mes rêves par tiédeur ou manque d'enthousiasme. Au contraire, il avait atteint son but : me transmettre le feu sacré.

16

C'est justement sur mon vélo que je l'ai ressuscité. Une promenade un matin de juillet à travers le Marais poitevin. La veille, premier jour des vacances, je suis passé sans m'arrêter devant son village, pas un regard mais la gorge légèrement serrée, sans plus, il faisait trop beau pour se laisser gagner — ou perdre — par la tristesse. La pensée m'a sauté dessus à l'improviste : pour la première fois il ne serait pas là, il ne téléphonerait pas à la maison, tôt le matin, de sa voix joyeuse : « Alors, vous êtes arrivés ? » Ce serait le premier été sans lui et il faudrait s'habituer à cette absence. Mais continuer de guetter dans la rue, mais espérer ses visites à l'improviste pour la joie de ses petites-filles, sa silhouette surgissant derrière la porte vitrée, « eh, eh, eh ma belle ! » « ah, ah, ah ! ma jolie ! », « bonjour ma poule ! ». Vocabulaire rudimentaire d'homme des bois sortant de sa forêt pour « faire la surprise ». « Il m'a appelée ma poule ! » gloussait Zoé.

Ce matin donc, chevauchant mon « Jimmy Casper » (un vélo offert par le sprinter français lors du Midi libre 2001) comme Lucky Luke monte sur Jolly Jumper, *poor lonesome cowboy*, je file à travers le marais, dans cette immense tuyauterie végétale traversée de conches, bondes et siphons, le long du chemin de halage entre La Rochelle et Marans, vent de côté, souvenirs bien calés derrière la tête et surgissant comme des elfes dans la verdure charentaise. Je pédale le long d'un canal, dans ce décor voisin des lieux où mon père pour la dernière fois pédala tout son soûl. Aperçut-il comme moi l'envol laborieux d'un héron cendré, tache grise dans l'or des blés coupés, ou ce cygne au port majestueux dans sa blancheur insolente posée sur l'onde, ou une de ces loutres espiègles qui sortent leur museau de l'eau en frémissant, une feuille de nénuphar sur l'œil pareille à une casquette de Gavroche ? Entendit-il le flap-flap des alouettes ? C'est sur ces routes, ou plus haut vers la Venise verte, qu'il a dû se donner de l'élan, du courage avant le grand saut, sur ces routes vicinales au bitume bleu sous le soleil comme des veines cognées. C'est là qu'il s'est empli pour toujours de la beauté du monde.

Je pédale sur mon Casper, synonyme de petit fantôme, te cherchant parmi les ombres fraîches dans la lumière de juillet. Je traverse les champs de tournesol qui te ravissaient, multiplication miraculeuse des soleils, preuve terrestre de l'existence de l'homme : voilà qui convenait à tes croyances. De petits nuages moutonnent, transparents dans l'azur en quête d'un berger. Allégresse de pédaler dans cette féerie de la nature et tristesse de ne plus t'y voir. Ma mémoire bégaie. «Éric, ils sont à une minute, tu peux les rattraper !» C'est ta voix. Tu es jeune encore. Chronomètre dans une main, bidon d'eau dans l'autre. Léger sourire si je suis en tête, velours des yeux, froncement sévère si je musarde. Jours de course. Jours d'échappée. Tu te tiens tel un arbre planté au bord de la route, droit, hiératique, me communiquant les écarts de la victoire ou de la défaite, c'était question d'honneur, de vie ou de mort, à quinze ans.

Grâce à toi, le jour du Seigneur était devenu jour du coureur, dispensé de messe et d'ennui pour aller pédaler comme un démon en vue de la gloire sur une bande blanche, compètes de village, tours du Marais, bosses de Vendée ou de Chalosse, tu étais là tout le temps ; moi derrière ou moi devant, jamais je crois on ne s'est tant aimés que dans ces silences complices, dans ton regard qui me soutenait, me soulevait ; il fallait serrer les dents, mâcher le vent, cracher ses poumons, tu seras cycliste mon fils.

Tu m'aimais tout bas, sans effusion, comme on murmure pour ne pas troubler l'ordre des choses. Tu m'aimais tout bas, sans le dire, sans éprouver le besoin d'élever la voix. C'était si fort — la force de l'évidence — que tu ne l'aurais pas crié sur les toits. Il fallait une indiscrétion de voisin, de cousin, pour que j'apprenne combien tu étais fier, heureux, de ce rejeton épais comme une arbalète qui disputait aux plus costauds des titres de champion à la gomme. Je me console ainsi : tu es parti tôt mais tu as eu le temps d'être fier de moi, de nous tes fils. François balle au pied, Jean à la guitare basse, et le drôle de rejeton que j'étais, armé de son vélo-stylo.

17

C'est arrivé comme ça dans mon dos. Un essaim de cyclistes bariolés, poils blancs sous le casque, qui ont fondu sur moi à la sortie de Marsilly, le village de Simenon. Il faisait beau. Je les avais aperçus dans un virage, en me retournant. J'avais entendu le bourdonnement des roues libres, le clac des freins comme il y a des claps de films. Je pédalais seul, un maillot orange frappé du sigle du *Monde* sur les épaules, souvenir de mes chevauchées du Midi libre. Une voix a crié : « C'est Éric ! » Et, aérien sur sa bécane couleur abeille, Claude, mon ancien coiffeur, Claude léger, facile, jeunesse de titane, cinglant avec quelques amis vers La Rochelle après une virée ventée de quatre-vingts bornes. Il m'a serré la main, doigts fins sortant des gants coupés à la deuxième phalange. Entre deux relances, paumes sagement posées sur le guidon, il m'a soufflé, mi-fier mi-coquet : « J'ai soixante-treize ans. » J'ai pensé à mon père qui allait sur ses soixante et onze, avec l'éternité devant lui. Nul doute qu'il pédalait comme ces vieux gars aux allures juvéniles, même s'il n'était pas équipé de tout ce matériel rutilant.

On a parlé de la vie, des années, du temps où j'habitais près de son salon de coiffure et que je le rejoignais certains soirs pour discuter gros braquets, costauds et compagnie, Tour de France et tours de passe-passe. Il n'a pas dit un mot sur mon père qu'il connaissait pour le voir chaque matin partir chercher son journal, autrefois, dans une autre vie. Il s'est tu par délicatesse car Claude, dans mon souvenir, épluchait *Sud-Ouest* plutôt deux fois qu'une. Il a forcément su, il a forcément lu l'avis dans le « Carnet », ou la nouvelle aura circulé dans le peloton des anciens, le père Fotto, celui qui entraînait les coursiers de Châtelaillon, l'hiver, les séances d'abdominaux dans les parcs et les sprints dans le sable, les gars demandaient grâce... Peut-être même a-t-il appris, quelques mois plus tôt, au détour d'une page, que mon père avait été déclaré en faillite personnelle. C'est par un ami rochelais que cette nouvelle me parvint quand il était déjà trop tard.

Ces journées d'été me ramènent mon père comme une ombre accrochée à mes roues, impossible à distancer. Sur les photos que je retrouve dans ma maison de vacances, il s'arrange chaque fois pour se tenir en arrière-plan, et s'il s'agit d'un cliché pris lors d'une réunion du club cycliste, le visage coincé entre deux silhouettes plus hautes. Il faut savoir qu'ici apparaît sa tignasse, là un morceau de son visage. Je me demande si déjà il avait choisi de doucement s'effacer, de disparaître sur la pointe des pieds. Peu à peu, comme la mer se retire, il avait rétréci son existence à la taille d'un village, de quelques arpents de forêt, d'un court de tennis. Plus jamais il ne se baignait, lui qui avait tant aimé la mer. Je le revois sur une photo de sa jeunesse (où est-elle aujourd'hui?) au bord d'un plongeoir, en Tunisie, riant aux éclats de toutes ses dents insolemment blanches. C'était au temps de sa périssoire et ce mot me revient déformé : péril, périr, péri. Pensant à la Tunisie, j'ai encore à l'oreille l'intonation de sa joie un matin que, traversant la ville de Sfax, j'avais trouvé une cabine téléphonique pour lui décrire le spectacle, l'infini de la terre ocre rayée d'oliviers, les plantations de ces arbres aux feuilles d'argent disposés en quinconce selon une science ancestrale. «Tu es à Sfax!» Juste ces mots, petits cailloux sur son chemin d'enfance qu'il n'avait plus jamais arpenté, de peur de constater combien tout avait changé. Quelles images surgissaient du tréfonds de sa mémoire en prononçant les quatre petites lettres de Sfax? Que je sois là-bas semblait suffire à son bonheur. Je pense à Marx, qui rime avec Sfax...

J'attends, j'entends sa voix, fraîche, vivante, enthousiaste, bien nette : «Tu es à Sfax!» Et toi, papa, où es-tu? À la radio, la musique de *Vincent*,

François, Paul et les autres. Ils sont tous là, les amis d'hier. Seul tu manques à l'appel. Mais il suffit que Constance ma fille me demande de jouer au ping-pong avec elle pour que tu reviennes dans le paysage. D'instinct j'utilise mon revers, un geste sec, poignet cassé, cette botte secrète que tu m'avais apprise avec le contre-pied et la balle coupée. Derrière ce revers c'est toi que je retrouve par enchantement. Je joue mais c'est toi qui tiens la raquette. Tu revis dans mes gestes à moins que ce ne soit moi qui revive par les tiens.

18

Nous avions quitté Bordeaux pour le bord de mer. Je ne savais pas nager mais c'était égal puisque ce père tout neuf était ma terre ferme.

Notre maison était nichée au cœur du village de Nieul-sur-Mer. Je retrouve aujourd'hui ces petits chemins de campagne entre terre et mer, entre mer et ciel, une dentelle de petits nuages filtrant les rayons chauds de juillet. Ici j'ai respiré l'air de la liberté avec celui de l'océan. Nous pêchions les anguilles au milieu des marais, appâtées par des berlingots peu ragoûtants de vers assemblés au bout d'un hameçon. L'anguille ne tardait pas, volait dans l'air en se tortillant au bout du fil de nylon puis atterrissait dans l'herbe couchée du marais, ses joues palpitant comme un cœur en chamade. Au retour, nos anguilles serrées dans un panier, je cueillais pour ma mère des fleurs des champs, des coquelicots, sentinelles des grandes étendues de colza. La campagne se revêtait de jaune pour me signifier, espérais-je, de futures gloires cyclistes.

Hardiment, me hissant sur la pointe des pieds, je plongeais mes mains dans les ronciers en quête de mûres noires aux grains gonflés de chair juteuse. J'en revenais les mains griffées, les doigts semés d'épines, heureux jusqu'à l'ébriété de cette liberté bucolique, vélo posé à même le sol, moisson d'anguilles, de mûres et de fleurs, quand ce n'était pas le butin de notre balance ronde au filet frémissant d'eau de mer où venaient se prendre au piège d'une tête de congre des bouquets translucides, ces crevettes-pistolets que nous guettions la nuit sur la jetée du petit port du Plomb, devant l'île de Ré, leurs yeux brillant dans l'obscurité, nos yeux brillant tout pareil.

Chaque coup de pédale me ramène une fois de plus à cette époque de mon enfance où j'avais pour moi un père et une mère, de petits frères en route, ce ciel pur de la Charente-Maritime, cette guirlande de villages rapiécés de champs multicolores qui délimitaient généreusement ma nouvelle aire de jeu. Parfois mon père nous emmenait au Môle d'escale, l'avancée du port de commerce que les règles de sécurité ne fermaient pas encore aux badauds. On s'y rendait en plein jour, découvrant d'immenses pétroliers à l'escale, ou les grumiers qui déchargeaient, venues du Cameroun ou du Congo, leurs billes de bois précieux, okoumé, teck, palissandre, des mastodontes couchés à même les docks vers lesquels mon imagination vagabondait à loisir quand je rêvais de devenir vétérinaire pour éléphants d'Afrique. S'il choisissait de nous conduire de nuit au Môle, mon père nous plongeait dans une atmosphère simenonienne, chaque arche d'acier du pont construit à fleur d'eau reflétant ses ombres inquiétantes dans la lumière orange des lampadaires. Les conteneurs empilés ressemblaient à des armoires géantes, on voyait au loin les éclats des phares, les lumières de Ré. Des pêcheurs s'aventuraient sur les gros rochers, la silhouette prise dans leurs imperméables rutilants. Nous étions bien dans cet univers mystérieux qui sentait l'iode et se teintait du ton rouille déposé sur la coque des grands coureurs de mer.

Il arrivait aussi que mon père m'emmène à la criée au poisson qu'on appelait l'Encan, en plein centre-ville, entre le vieux port et les rails de la gare de marchandises. Soles, mulets, bars de ligne, lottes écorchées, langoustines de La Cotinière. La pêche du jour était jaugée dans un sabir fascinant dont on essayait de percer les secrets, tel haussement de sourcils d'un acheteur, tel geste furtif de l'index ou du pouce côté vendeur.

L'index ou le pouce. Soudain me voici replongé dans mes cauchemars matinaux, des cauchemars qui me cueillent tout éveillé le dimanche quand j'aurais le loisir de dormir. Revient à mes yeux la scène finale. Je superpose le sourire de mon père, sa voix joyeuse, et l'installation du même homme muré dans son silence, qui prend place dans sa voiture. Il abaisse le siège du passager, prend le canon froid dans sa bouche. Dix fois, cent fois depuis le 11 mars, la même scène. A-t-il mis l'index ou le pouce ? J'imagine, je visualise. Plutôt le pouce dont le galbe, la pulpe, comme disait mon père, a dû épouser le galbe de la détente. Détente souple ou dure ? Le coup est-il parti aussitôt ou bien mon père est-il resté un moment ainsi, en position, écoutant les derniers bruits du monde autour, sur ce parking désolé, puis pressant douce-ment, inexorablement. Et le bruit ? Sec, assourdi, étouffé ? Il y a dix ans, un de ses amis avait mis fin à ses jours. Il avait pressé de questions ceux qui savaient dans quelles conditions précisément, curiosité insistante qui avait indisposé ses proches. Pourquoi tenait-il tant à savoir ? Semaine après semaine je me retrouve là avec les mêmes « pour-quoi » aux lèvres et sans réponse jamais. A-t-il hésité une fraction de seconde ? Et au moment du tir, ses pensées ont-elles volé dans sa tête comme des ballons d'enfants ou des bulles de savon qui éclatent ? Nous a-t-il revus une dernière fois, m'a-t-il revu, moi ? A-t-il vu des lumières, LA lumière ?

Je me souviens des gestes du pouce et de l'index, aussi énigmatiques, moins sinistres que l'ultime ball-trap de mon père. Il m'avait emmené au res-taurant de poissons installé sur place avec une myriade de fruits de mer exposés sur la glace. J'avais choisi le plus gros coquillage, énorme,

couleur rubis, je revois son sourire qui commençait au coin de ses yeux, j'entends son rire quand il
me vit engloutir le mollusque et le recracher aussitôt, au bord de la nausée. J'étais aussi blanc que
ma première rencontre avec la harissa m'avait
rendu écarlate. Le bonheur avait de belles couleurs, en ce temps-là.

Je pédale encore et voilà la base sous-marine
construite par les Allemands et que nul n'a pu
détruire depuis, permettant à Spielberg d'y tourner une scène fameuse d'*Indiana Jones*. Je passe
devant les silos à blé pareils à des tuyaux d'orgue
géants, devant les cuves de béton longtemps rem-
plies du pétrole de l'*Amoco Cadiz*, dans la côte de
L'Houmeau où pour la première fois, à treize ans,
j'ai lâché mon père à vélo, m'entendant gratifier
par lui d'un flatteur « petit salaud »... La roue
tourne. Ces routes et ces paysages sont cartogra-
phiés en moi, authentiques filigranes, lignes et
signes de vie.

19

J'avais retardé le moment et puis, une fin d'après-midi de juillet, j'ai filé chez lui. J'ai d'ailleurs si bien filé que pour la première fois j'ai raté la sortie de la nationale qui mène à Ferrières. Il m'a fallu poursuivre quelques kilomètres avant de pouvoir faire demi-tour, troublé par mon étourderie. Les volets fermés mais disjoints laissaient filtrer çà et là la lumière du soir. Mes frères avaient déjà beaucoup nettoyé, beaucoup rangé. Dans la pénombre du salon, j'ai marqué un temps d'arrêt : un corps se tenait allongé, crâne nu, lèvres rouges. En approchant, j'ai reconnu un mannequin de ma mère du temps où elle possédait un magasin de vêtements anciens à Bordeaux. Mais l'espace de quelques secondes, mes yeux sont restés interdits devant ce spectacle d'un corps à terre, avec cette bouche si rouge et ce regard fixe.

Je n'ai pas vécu dans cette maison avec mes parents. Ils se sont établis ici l'année de mon départ pour Paris. J'y ai peu de souvenirs car ils se sont séparés peu de temps après leur installation dans cette campagne éloignée de La Rochelle. Mon père y a maintenu son cabinet, la seule pièce encore vivante de la maison. Il reste quelques photos près de sa table de travail encombrée de paperasse poussiéreuse, photos de ses grands-parents, de son père, de mes filles et de mes neveux, de ses chiens : Phartas, son braque allemand dans sa robe caramel foncé, Ben et Tac, les deux générations suivantes.

Mon père avait nourri un véritable amour pour Phartas. Il l'emmenait partout avec lui, le laissait dans l'auto — à l'ombre, et fenêtres entrouvertes — quand il partait l'après-midi faire ses soins à domicile chez ses clients alentour, l'entraînait dans de longues balades pour qu'il se dégourdisse les pattes. Pour lui, il avait passé son permis de chasse. Leurs colloques secrets avaient le fumet des bécasses et des cailles. Un jour qu'il promenait Phartas aux abords du village, mon père sur sa bicyclette et le chien courant au bout de sa laisse tenue mollement, un accident survint, provoqué par un cheval qui surgit et effraya Phartas. Celui-ci tira d'un coup sec sur sa laisse et détala jusqu'à la grand-route qu'il traversa en trombe, sourd aux appels impuissants de mon père. Une auto l'évita de peu mais pas la caravane qu'elle tractait. Mon père retrouva son chien au bord de la chaussée, l'échine traversée de soubresauts. Il le prit dans ses bras, lui parla doucement, lui dit combien il était beau, un bon chien et gentil, et intelligent, mais quand il le déposa sur la table du vétérinaire, ce fut pour abréger ses souffrances d'une piqûre. Deux jours durant, mon père ne prononça pas un mot, enfermé dans son chagrin et dans le reproche qu'il se faisait d'avoir laissé échapper Phartas. Sur son bureau capharnaüm, je retrouve des photos d'il y a vingt ans au moins, mon père avec son fusil, son chien couché après une partie de chasse, une dizaine de cailles ficelées à l'extrémité d'un bâton tout lisse, celui que j'avais récupéré dans sa vieille auto, en mars. Mon père jeune encore, cheveux longs et bouclés, noirs comme la suie. Après l'accident, mon oncle André lui avait confié Valentine, la petite sœur de Phartas, histoire de ne pas le laisser seul dans sa tristesse. Valentine était la copie conforme de Phartas. Une adoration de chienne, douce, câline, joueuse. Quand ils vieillissent, les braques blanchissent de la tête, sauf le tour de leurs yeux qui reste marron, et un peu le bas de la gueule. Ils ressemblent à des masques africains ou à ces femmes mahoraises que l'on voit à Mayotte, une croûte de talc sur le visage, qui leur donne un faciès saisissant et mystérieux de divinités aquatiques. Il n'existe aucune photo de Phartas vieux avec la gueule blanche, comme il n'existera jamais de photo de mon père avec les cheveux blancs.

Sur son bureau — en réalité une table minuscule —, des calepins de rendez-vous avec ses clients, des listes interminables de noms pour chaque jour de la semaine, inscrits de son écriture régulière. Un de ses cahiers est resté ouvert sur une page de juillet 2007. Puis, tout s'arrête. Les listes de noms disparaissent, les pages sont désespérément vierges. Plus de rendez-vous. Plus de douleurs à soulager. Il a dû dévisser sa plaque à ce moment-là. Vide vertigineux du temps. Plus rien, rien de notable. Le début de sa fin.

Sur de petites feuilles carrées, il a parfois noté une recette, des courses à faire pour un couscous, une pastilla (avec force feuilles de brick), un laitage. Au fil des années il s'était mis à cuisiner ce qu'il aimait manger par-dessus tout, des plats sucrés de préférence. Au beau milieu de ce fouillis, un petit paquet de feuilles imprimées et pliées en deux. Du papier pelure qui ne date pas d'hier, avec un en-tête intrigant : celui d'une voyante exerçant son art d'«astrologie scientifique» à Bordeaux, quai des Chartrons. Aucune date visible, mais les prévisions valent pour les années 1967 et suivantes. J'ignorais que mon père s'était intéressé, l'année de ses trente ans, à son thème astral. On y trouve un tempérament vénusien, c'est-à-dire affectif; du scepticisme et du doute liés à Saturne; l'amabilité et le don d'observation de Vénus; l'intelligence «vive, ample, souple et adaptable» venant de son ascendant lunaire. A-t-il ressorti ce document dans les derniers temps de sa vie, ou l'a-t-il toujours eu à portée de main ou de regard, comme une amulette, un parchemin de superstition ? Plusieurs passages prennent une résonance particulière. « Peut-être un fils », écrit l'astrologue à la rubrique enfant. C'est un an ou deux avant qu'il m'adopte. Et, inscrit en rouge et en capitales : « ATTENTION AUX ADMINISTRATIONS (impôts, Urssaf, etc.). » Cet avertissement me saisit. La maladie de mon père, sa phobie des administrations et de leur courrier, qu'il développa tout au long de sa vie au point de ne jamais ouvrir une lettre officielle, cette maladie lui était signalée noir sur blanc ou plutôt rouge sur blanc. Il la connaissait. Elle le minait. Nul ne put jamais l'en guérir.

Je ne me suis pas attardé. J'ai refermé les volets de chaque pièce. J'ignore toujours ce qu'il a fait de sa plaque de kiné. A-t-il dû la rendre à une quelconque autorité ? L'a-t-il simplement jetée ? Repartant en auto, je dépasse un homme et son jeune fils. L'homme, très mat, court. L'enfant, étonnamment blanc sous le soleil de juillet, pédale à toutes jambes. Ce pourrait être lui, ce pourrait être moi, ce pourrait être nous il y a presque quarante ans. À la radio une musique tourmentée d'Henri Dutilleux au violoncelle, *Trois strophes* à pleurer. Dans mon rétroviseur l'homme court et l'enfant pédale, qui deviennent tout petits, tout petits.

20

C'est une belle histoire. Une histoire de liberté, d'amour, de respect. Elle a pris toute sa beauté ce 15 juillet 2006 lorsque, à Esnandes, mon village près de La Rochelle, Natalie et moi nous sommes mariés. Mon père était là, tout sourire, vêtu de clair. Et aussi mon père naturel, Maurice Maman, gynécologue et obstétricien en retraite, tout sourire aussi, vêtu de clair, lui Marocain de Fès devenu français à quarante ans, et Michel, de Ferrières, Tunisien exilé. Ils se sont rencontrés pour la première fois ce jour caniculaire, comme si le soleil avait voulu fêter l'Afrique du Nord qui brillait sur leurs visages.

Vers le soir, à l'apéritif sur le front de mer, Michel s'est approché de Maurice et lui a dit combien il était heureux de le connaître. Il a pris la main de Maurice, qui a cru que mon père le saluait avant de partir. Mais non, Michel tenait la main de Maurice, signe muet d'estime, d'affection, de simple plaisir d'être ensemble, comme en Afrique on se tient par la main le temps de la conversation, sauf que mon père ne disait rien, il arborait juste son sourire désarmant et chaleureux qui confondit Maurice. Je me demande à présent si Michel ne lui a pas seulement passé le relais, son geste signifiant : je vais disparaître un de ces jours et ce sera à vous, Maurice, de continuer à être son père, pour le temps qui reste.

Deux pères le jour de mon mariage, aucun le jour de ma naissance. Une mère de dix-sept ans à peine, livrée seule à sa grossesse, à sa maternité, à l'éducation stricte d'une mère très catholique qui ne pouvait souffrir que sa fille puisse devenir l'épouse d'un juif marocain étudiant la médecine à Bordeaux. Ce fut une histoire terrible pour ma mère et aussi pour Maurice qui dut retourner au Maroc, son diplôme de gynécologue accoucheur en poche, qui fit naître des milliers d'enfants mais ne put m'approcher sauf une fois pour me vacciner puis m'offrir un jouet. Avec les années j'ai mesuré la souffrance de ma mère, son courage pour m'élever seule au début des années 1960. J'ai mesuré aussi la souffrance de Maurice que je vis réellement pour la première fois l'année de mes dix-sept ans. Il vivait en France depuis peu et j'avais noué un lien avec lui via l'ordre des médecins. Chercher à le voir me donnait le sentiment insupportable de trahir mon père, Michel, qui m'avait donné son nom, m'avait élevé aux côtés de ma mère. Il m'a fallu du temps pour faire la part des choses, pour ne pas rejeter Maurice, pour aimer l'un et l'autre sans tiraillements, Michel restant à jamais mon père, et Maurice celui dont le sang irrigue paisiblement mes veines. Michel, Maurice, le M commun de magnifique.

Je me revois ce soir d'hiver 1977. J'ai retrouvé mon père dans son cabinet de la rue Bazoges. J'attends le départ de son dernier client. Je lui dis : Voilà, tu sais que tu n'es pas mon vrai père alors... Il me regarde. Son œil brille d'une drôle de façon. Jamais je ne l'ai vu briller ainsi. Et ses pommettes viennent de s'empourprer. Je bafouille un peu. Enfin voilà, j'aimerais voir la tête de celui qui m'a fait, juste sa tête, savoir à quoi il ressemble. Il a dit d'accord tout de suite. D'accord. C'est une histoire de liberté. Une belle histoire, au bout du compte. C'est lui, un matin de cet hiver 1977, qui m'a conduit à la gare de La Rochelle, un train très tôt, il faisait nuit encore et les rues étaient verglacées. La Lada roulait tout doucement, se déportait vers la droite, vers la gauche, papa tu conduisais lentement mais tu ne voulais pas que je rate ce train, malgré ton anxiété à me voir partir vers «l'autre». Tu ne disais rien, tu fixais cette fichue route qui se dérobait sous les roues de l'auto. Tu hésitais entre le frein et l'accélérateur. À cause du verglas. On serait à l'heure, il ne fallait pas que je m'inquiète, les voitures russes connaissaient forcément le froid. Je ne m'inquiétais pas de ça. À l'autre bout du train, Maurice m'attendait, j'ai vu tout de suite qu'on se ressemblait. Papa tu as eu peur de me perdre. Maurice, lui, a eu envie de me prendre. Mais il a senti si fort le lien qui m'unissait à toi, Michel, qu'il n'en a rien fait. Il n'a rien entrepris par la suite que je n'aie accepté au préalable. Il a eu ce tact, cette humanité, cette compréhension. Je fus long à apprivoiser, souvent rétif, distant, cruel peut-être parfois vis-à-vis de ce père de sang qui n'avait pas eu la partie facile. Michel s'est vite senti rassuré, il était mon père et nul n'y pourrait rien changer. Puis en douceur, funambule sur le fil des années, j'ai ménagé une place à Maurice, pas la même, une place à part faite de curiosité, d'estime et enfin d'affection. Pour que tout cela finisse par cette journée de soleil, le jour de mon mariage, avec ces deux hommes de ma vie se tenant la main en silence.

Lorsque je rends visite à Maurice et à son épouse Paulette, qui tant de fois m'ont accueilli dans leur maison de Muret, mon regard s'arrête sur un détail. Sur le seuil, déposée presque négligemment sur un lit de feuillage, brille une plaque de cuivre. Docteur Maurice Maman, gynécologue obstétricien. C'est toute sa vie résumée en quelques mots. Je regarde cette plaque et je pense à une autre sur laquelle était écrit : Michel Fottorino, masseur-kinésithérapeute.

21

Peut-être tout cela n'a-t-il de sens que pour moi et pour quelques personnes que j'aime, qui l'aimaient. Cela suffit. J'ai choisi l'écriture, ce continent d'incontinence, pour retenir ce qui peut l'être avant que le temps n'engloutisse tout ce qu'il fut dans les brumes de la mémoire. C'est dit, c'est écrit, il était ainsi, de chair et de soleil, d'ombre et d'éclat, et tous ces souvenirs qui affleurent, ces détails sans importance, son accent, son allure, son regard, cette bonhomie, sa dignité, tout cela reste vivace, le fil n'est pas coupé puisque je le retrouve intact par l'énergie des mots qui donnent naissance à des images, à des sons propres à le ranimer. Un plat nouveau préparé par ma femme, et je l'entends qui insiste : « Goûte ! Mais tu n'as pas goûté ! Goûte je te dis ! » Cela valait pour tout : la polenta, les pois chiches ou le smen du couscous (du beurre rance en sauce), pour les beignets de courgette ou l'ail qu'il cuisait au four et dégustait fondant à la petite cuiller.

Aujourd'hui, quittant La Rochelle en auto pour rejoindre Esnandes, j'ai emprunté l'itinéraire qu'il a dû suivre jusqu'à son ultime arrêt. Pendant quelques centaines de mètres, réalisant que j'étais précisément là, j'ai essayé de me mettre dans sa peau, respecter le feu du carrefour, passer devant le lycée, tourner à droite et se garer près du commissariat, avec la conscience des gestes qui restent à effectuer. J'ai remarqué une plaque verte indiquant une piste cyclable et «Esnandes 15 km», avec un petit logo de vélo. A-t-il pensé à moi en voyant inscrit dans le dernier virage le nom de mon village et cette référence visuelle à la bicyclette? Je doute qu'il ait même fait attention à ce détail. Après tout je ne saurai jamais. Je me dis, mais c'est idiot, que le nom du village et ce petit vélo, c'était un petit signe de moi au coin de la rue, qui aurait pu entraîner sa pensée ailleurs que vers la mort. Je suis bien présomptueux, ou seulement inconsolable, me raccrochant à trois fois rien.

Je me suis ébroué, j'ai filé tout droit dans la direction d'Esnandes, sans regard pour le parking, j'ai appuyé sur l'accélérateur avec la sensation de l'avoir échappé belle.

J'aimerais lui dire que sa petite-fille Constance, du haut de ses dix ans, a grimpé le pont de l'île de Ré à vélo, vent debout, sans mettre pied à terre. Qu'elle prend les grosses vagues de la Pointe Espagnole. Lui dire que Zoé, quatre ans et demi, demande si on peut faire ce qu'on veut dans la vie. Demande si le ouh! du loup est le même que le ouh! du hibou, et j'imagine ce qu'il aurait pu inventer comme cris pour lui montrer la différence. Lui dire aussi qu'elle cache des caramels dans ses chaussures, qu'elle garde une photo de lui dans sa chambre, qu'il continue d'exister dans ses jeux d'enfant aux boucles insouciantes. En réalité je lui dis tout cela, le dialogue n'est pas interrompu, il s'est déplacé dans un ailleurs qui traverse les souvenirs et les rêves, qui dilate le temps à l'infini.

C'était hier : Il marche dans le jardin de Zoune un soir d'été, torse nu, tenant contre lui ma fille aînée Zouzou qui s'étouffe d'une crise d'asthme. Il la tient contre lui, lui parle doucement, à l'oreille, la calme : Respire, ma grande, respire, ma poule, il dit. Et elle respire. Maintenant il prend Elsa par la main, sa cadette, elle est petite et très bavarde, elle lui raconte mille choses et lui, avec son petit sourire, lui répond, la regarde, quelle pipelette celle-là, il l'aime en silence car il ne sait pas le dire.

Je me souviens que ce fut un bouleversement sans nom de prononcer ce nom — jamais dit auparavant, sinon pour désigner l'absence. Une syllabe redoublée, frappée d'évidence pour tous ceux qui l'ont répétée du plus loin de leur mémoire : papa. À presque dix ans, grand déjà, j'ai pu dire papa. Timidement d'abord, puis avec assurance puisqu'il était d'accord, que c'était entendu, et que tout le monde pouvait l'entendre. «Papa», pour un oui ou pour un non, pour le seul plaisir de m'entendre dire ce mot magique et tout neuf. Éducation, rééducation sentimentale. Je l'ai connu pendant trente-huit ans et durant ces années, lorsque je l'appelais au téléphone, c'était mon premier mot, inusable, un mot de passe, au bord des lèvres, comme mon cœur à présent si je le répète en silence.

23

Je n'avais guère prêté attention à ce grand sac bleu en plastique avachi dans l'obscurité de mon garage. Un matin, le soleil donnant à travers la porte grande ouverte, il m'est réapparu. Ce sac, nous l'avions rempli mes frères et moi de tous les objets épars trouvés dans la voiture de mon père. J'ai plongé ma main à l'intérieur avec un peu d'appréhension. De ce méli-mélo, j'ai extirpé des choses qui, posées les unes à côté des autres, constituaient de lui un résumé assez juste. Des comprimés d'Alergix et une plaquette de Coryzalia contre le rhume des foins, et écrivant ces mots je l'entends encore s'interrompre brutalement pour tenter d'éternuer, ne pas y parvenir, reprendre sa phrase en reniflant, et ainsi de suite jusqu'à l'éternuement libérateur. Dans un boîtier de lunettes de soleil il avait coincé sous la monture, soigneusement plié, un billet de cent francs. Un Delacroix hors d'usage. Alors me sont revenues des images de sa maison le jour où nous cherchions son permis de conduire.

Dans chaque pièce, sur les meubles empoussiérés, sur les coins de table ou de buffet, partout des pièces de monnaie périmées, un franc, cinq francs, vingt centimes. Curieuse relation de mon père avec l'argent, qui semblait se rassurer en balisant son territoire intime de pièces semées comme de petits cailloux. Il avait toujours besoin d'en avoir aussi sur lui, en liquide. Je le revois avec ses chemises à carreaux, la poche cousue sur le cœur avec quelques billets pliés en deux qui semblaient le tranquilliser. Il devait de lourdes sommes aux organismes professionnels mais il semblait ne guère y accorder d'importance et cela dura quarante ans de sa vie. Les papiers s'accumulaient, les lettres de l'Urssaf et de toutes sortes de caisses anonymes. Il n'ouvrait rien, il n'ouvrirait jamais rien, et ces quelques billets dans sa chemise, ces amas de pièces aux quatre coins de sa maison lui tenaient lieu de remparts dérisoires face à la montagne des sommes qu'il devait acquitter. J'ai refermé l'étui à lunettes de soleil avec son billet qui n'a plus cours. Un autre billet, de cinq euros celui-ci, dormait au fond du sac. Je l'ai utilisé pour acheter à ses petites-filles un paquet de pralines toutes chaudes, un soir sur le port de La Rochelle, mon père n'aurait pas trouvé meilleur usage que ces sucreries. J'ai déplié une facture du garage Falcioni, à Saint-Sauveur-d'Aunis, comme si j'allais trouver dans le détail d'une réparation sur sa vieille BX de quoi éclaircir un pan de sa vie et surtout de sa mort. Évidemment il n'y avait rien, mais je suis resté un instant absorbé par ces mots techniques qui me semblaient dotés d'un double sens ou du double fond des valises d'agents secrets. La liste des pièces changées indiquait : tuyau de retour, collier pour tuyau. Silencieux. Silencieux intermédiaire. Collier échappement. Mécanique temps passé. Remplacement du silencieux final. Liquide refroidissement.

Tous ces mots dansent devant mes yeux. Je place chacun d'eux sous un jour funeste, silencieux, collier, échappement, refroidissement. Mais la vie est là qui s'accroche à d'autres mots. Ainsi cette recette de gâteaux à l'anis, copiée de son écriture rapide au dos d'une petite enveloppe blanche. 1 kilo de farine, 2 paquets de levure, 300 grammes de sucre, six œufs, 1 verre d'huile d'olive, sel, anis vert. Avec cette mention : «dans four chaud». Chaud et froid. La recette voisine avec ce carton de la chambre funéraire pour Jean son meilleur ami remis à Dieu selon des horaires de chef de gare : Départ du funérarium 10 h 10. Église de la Genette 10 h 30, cimetière de Nieul-sur-Mer 11 h 15. Mon père a dû penser qu'en une heure on faisait un sacré bout de chemin. Dans le sac, plié en quatre, je suis tombé sur une représentation d'un soldat à cheval appartenant au régiment de chasseurs d'Afrique dont j'ignore ce qu'elle évoquait au juste à ses yeux. Un morceau de son «petit tas de secrets». De l'ombre, j'ai sorti un drôle de petit engin qui n'est autre que l'appareil avec lequel il redonna de la force et de la mobilité à sa main engourdie après son accident vasculaire. Il faut presser les deux branches enrobées de mousse et tenter de les rapprocher dans un grincement sec de ressorts. Je revois mon père dans ces exercices patiemment répétés, ne se plaignant jamais, ressuscitant sa main pour d'inlassables massages et un coup de carabine. Traînent encore une grosse clé à molette, quantité d'enveloppes du Crédit agricole, une de mes cartes de visite accompagnant l'envoi d'un livre sur le football et la littérature, le numéro de téléphone et l'adresse d'un client à visiter à domicile. J'arrête là. Nous verrons bien plus tard, mes frères et moi, ce que nous ferons de cette caverne d'Ali papa.

Elle vient d'apparaître devant mes yeux. Terne, poussiéreuse, les lettres incrustées de vert-de-gris. Elle est là et je ne l'avais pas vue les autres fois. J'essaie de comprendre. La plaque de mon père est vissée dans le bois du volet à l'entrée de son ancienne salle d'attente. Elle n'avait jamais quitté les lieux ! Elle est petite, à peine plus large et plus haute qu'une grande enveloppe. Le cuivre est éteint, il y a bien longtemps qu'un chiffon ne l'a pas fait briller. Je me souviens des paroles d'un ami : « Je suis passé devant chez ton père, il n'y avait plus sa plaque. » Et la voilà, quatre vis recouvertes chacune d'un capuchon de cuivre. Michel Fottorino, masseur-kinésithérapeute. Pas d'adresse, ni d'indication de rendez-vous. Il me semble que rue Bazoges à La Rochelle, au temps de sa splendeur, la plaque était deux fois plus imposante, éblouissante, fixée à même le moellon, la pierre blanche de la vieille ville. Ici elle est presque invisible mais, tout de même, pourquoi m'avait-elle échappé? Sur le coup quelque chose s'allège dans ma poitrine. Il n'a donc pas eu à la dévisser, il n'a pas eu à trancher ses galons, à piétiner son épée. Il n'a pas été sommé de se dégrader. S'il a été interdit d'exercice, nul n'est venu vérifier que sa plaque avait dégagé.

Je ne l'ai pas vue parce qu'elle est fixée à l'intérieur du volet. Dès que celui-ci est fermé, elle se soustrait au regard. Il fallait que sa maison soit ouverte, que ses volets soient ouverts, pour qu'on puisse la voir de la rue. Or, en mars, après son décès, mes frères et moi avions laissé ce volet clos. Et lorsque mon ami était passé à vélo, des mois plus tôt, il avait aussi trouvé la maison fermée. « Il n'y avait plus sa plaque. » Soulagement amer. Je ne suis même pas heureux de ma découverte. Il n'est plus là et c'est moi qui vais la dévisser, cette plaque. Un autre ami m'a envoyé un extrait récent du journal *Sud-Ouest*. Il indique qu'un jugement a déclaré la mise en faillite personnelle de mon père. Faillite personnelle. C'était autre chose qu'une plaque invisible dans la rue isolée d'un village. C'était dans le journal, au vu de tous, faillite personnelle, un encart sombre, sa plaque mortuaire, pas gravée dans le marbre mais ancrée dans le papier lu par tous, pour de bon. Nul ne pourra jamais la dévisser.

25

C'était en 1989, à Cosne-sur-Loire. Je venais de publier un livre sur le monde paysan dont tu recevais parfois quelques échos auprès de tes patients travaillant aux champs. Invité au Salon du livre de cette petite localité, j'avais connu deux personnages épatants et j'avais lu dans leurs yeux comme dans des livrets d'état civil. Il y avait à côté de moi Jules Roy rempli d'Algérie et d'Alger la Blanche dans sa chevelure de neige. Et sombre et mat et noir de poil, accueillant avec chaleur l'ancien enfant que j'étais, et te ressemblant par ce je-ne-sais-quoi de douceur dans le regard comme dans la voix, Mouloudji.

Parfois je vous revois tous les trois, Jules Roy continue de chanter l'Algérie et Mouloudji les guerres où il n'ira pas. Toi tu restes silencieux, dense dans ton silence, dans ton regard enveloppant qui effleure sans toucher, qui touche sans posséder, qui me laisse libre de vivre ma vie. Et pourtant, me réveillant en sursaut et me répétant soudain que tu es mort, j'ai cette sensation terrible de ne plus exister, que toutes ces années sont tombées en poussière et qu'il ne reste plus rien d'important à vivre d'autre que le souvenir de nous.

26

Dans la cuisine, à cheval sur le dossier d'une chaise, je trouvais *Le Monde* posé là tôt le matin, avec le pain frais sur la table. Mon père se gardait bien de le déplier et encore moins de le feuilleter, comme s'il avait voulu se tenir à bonne distance des chaos de la planète. La lecture du *Canard* suffisait à son esprit caustique. Mais il avait compris qu'avec un fils qui commençait son droit, un fils dont il avait accompagné doucement le deuil de ses rêves cyclistes, il fallait encourager la curiosité, la connaissance du monde. C'est ainsi qu'à l'automne 1979, renonçant tout à la fois au maillot jaune et à des études de kiné, j'avais embrassé avec ardeur le droit constitutionnel et l'économie politique, passant les heures que je ne brûlais pas à bicyclette à étudier de gros recueils Dalloz où il était question des réformes de l'état civil, à assimiler les règles de nos institutions, à plonger dans les méandres du droit. Mes copains de faculté lisaient *Le Monde*, *Le Matin de Paris*, *Le Nouvel Observa-*

teur, ils avaient de l'avance sur moi qui m'étais nourri exclusivement des livraisons mensuelles de *Miroir du cyclisme*. Dans cette courses à handicap, je devais mettre les bouchées doubles pour ouvrir mon esprit et me constituer une culture de l'actualité moins sommaire. Mon père, sans rien dire, me donna le coup de pouce décisif, à sa manière, silencieuse. *Le Monde* posé le matin sur le dossier de la chaise, acheté sans faillir dès l'ouverture du marchand de journaux, c'était sa contribution à mon éveil aux affaires du monde (sans le M gothique) qui ne tournaient guère mieux que celles du vélo. Cette année-là j'appris dans *Le Monde* la signification du mot chiite avec la révolution iranienne. Je compris que les chantiers navals coréens coulaient les chantiers français. Je lisais, découpais, collais les articles, avec de la colle universelle pour me rendre tout cela plus attachant. Je classais, soulignais, potassais. J'avais en permanence de l'encre noire au bout des doigts comme si j'avais sans arrêt remis en place une chaîne déraillée. Ce journal devint rapidement mon journal, transmis par la main discrète et ferme de mon père qui m'avait ouvert le chemin.

Je revois son sourire, son émerveillement de gosse quand il lut pour la première fois mon nom, le sien, dans *Le Monde*, en novembre 1981.

27

Au fond du jardin de mon père, au milieu des toiles d'araignée, sommeille une petite baraque de brique menacée de ruine. Là, crocheté par la selle et le guidon, en apesanteur, j'ai trouvé mon vélo de piste. Cadre rouge, raccords jaunes, décalcomanies arc-en-ciel sur le tube vertical, guidon Cinelli «Campione del Mondo» avec lauriers gravés, rouille authentique, boyaux aplatis telles de vieilles peaux de serpent. Je l'ai décroché, soupesé, insensible aux piqûres d'orties qui élançaient mes chevilles. Les roues ont tourné sans grincement, petite musique de métal. Ont jailli tant de souvenirs de soirées au vélodrome, airs musette et vin chaud, La Rochelle, Saintes, Rochefort, Angoulême, tourniquets infernaux, et toujours mon père au sommet des virages relevés, tantôt inquiet, tantôt confiant, toujours silencieux, sauf le regard, surtout ne va pas te casser la gueule sur ces bécanes sans freins. Le soir à la maison, dans mon bureau, c'est sur ce vélo que je pédalais comme un démon après l'avoir posé sur les trois rouleaux d'un home-trainer. Ma mère s'inquiétait, mon père la rassurait sur ce vrombissement de turbine : je tournais les jambes pour m'exercer à rouler vite...

Avec Natalie nous avons ouvert les volets de la maison et pour la première fois je me suis un peu attardé sur les objets laissés en évidence. Sur un meuble, des photos de mes frères, des photomatons de mon père, quelques autres en famille, François, Jean, ma mère et moi. Puis des photos agrandies, soigneusement protégées par une pochette de papier cristal : son chien Phartas dont il gardait pieusement un tirage encadré sous verre, traitement auquel aucun humain, même très proche, n'a jamais eu droit ! Ma main tâtonnant dans une semi-obscurité, j'ai retrouvé là mes petits coureurs de métal. Un enchevêtrement de cyclistes en fer, la peinture des maillots et des cuisses écaillée, mais cependant reconnaissables, rescapés d'un peloton fantôme. Mon cœur s'est mis à battre. J'entends soudain le claquement sec des dés sur le carrelage de la maison de Nieul-sur-Mer, et le socle de mes coureurs qui résonne, tic, tic, tic, course contre la montre, contre le temps qui passe. Pas un ne manque à l'appel. Je souffle sur leur dos pour ôter la poussière. Je me souviens de tout, du nom de chacun, le maillot Gan Mercier de Poulidor (en danseuse) et celui de Zoetemelk (bien assis sur sa selle), le maillot réglisse barré de noir d'Eddy Merckx, le bleu rayé de rouge de Roger De Vlaeminck, le petit rouge Sonolor de Van Impe et le bleu à épaulettes jaunes de José Manuel Fuente, le Bic orangé de Luis Ocaña (et sa réplique en jaune, dos arqué de chat qui feule). Quelle émotion soudain, dans le calme de la maison, un rayon de soleil transperce les nuages et vient illuminer l'acier des bicyclettes miniatures, les pompes grises, les guidons, minuscule amas de ferraille qui me prend au ventre. Mon père entrait dans le couloir après le travail et me demandait « Qui gagne ? » en prenant soin d'éviter mes coursiers égrenés sur les carreaux noirs et blancs comme les perles d'un collier. Je ne savais pas qu'ils étaient là, ces témoins d'enfance, plus froids qu'une peluche et pourtant si doux à ma mémoire. Une scène d'*Amélie Poulain* me revient, quand un homme se voit remettre une boîte remplie de ses souvenirs d'enfant, avec un petit coureur métallique. Un personnage dit que l'amour c'est comme le Tour de France, on l'attend longtemps et il passe vite. Il suffirait de peu de chose pour les faire revenir à la vie. Un jet d'eau tiède rapide, un coup de chiffon sec. Quelques petits tubes de peinture de maquette pour réveiller le rouge du maillot Flandria de Rick Van Loy, le bleu ciel des Gan Mercier, le jaune qu'à cette époque j'attribuais de préférence à Thévenet. Il suffirait d'un coup de dés sur le carrelage noir et blanc de la vieille maison et tout recommencerait pour de faux.

Je reprends mes trésors. Mes jambes picotent comme tout à l'heure au milieu des orties. Je me sens heureux avant que l'ombre ne recouvre cette joie : je suis dans cette maison parce que mon père est mort, et chaque fois que je m'allège, que je reprends mon souffle, qu'une sensation légère m'envahit, cette pensée me rattrape.

Je retrouve un roman dédicacé par mon ami Erik Orsenna, « à Michel, avec affection ». Ce livre s'appelle *Grand amour*. C'est un titre qui nous allait bien.

Je retrouve aussi un ticket La Rochelle Rupella, entrée 50 F, s'agit-il d'un match de basket ? Au dos, c'est écrit que le bar Le Duperré « vous offre le verre de l'amitié sur présentation de ce billet ». J'essaie d'imaginer mon père assistant à un match de basket et partant trinquer le soir avec des copains. Mais il n'aimait pas le basket et fuyait les bars, alors ce papier entre mes doigts est un petit mystère sans importance, conservé dans la table de nuit de sa chambre au milieu de photos de son père, de ses enfants et de ses chiens.

Il me semble qu'une de ses patientes lui donnait des livres dont il prenait bien soin et qu'il prenait surtout soin... de ne pas lire. Voici les *Nouvelles orientales* de Marguerite Yourcenar, le volumineux *Journal* de Jules Renard, un Coran (orthographié Koran), *Dix Mille Marches* de Lucien Bodard (encore dans son plastique d'origine), un livre de poèmes signé Marceline Desbordes-Valmore et une édition reliée de *La Confusion des sentiments* de Stefan Zweig. Ces découvertes me tirent un sourire. Et s'il avait bien caché son jeu, s'il avait été en réalité un lecteur acharné, se remplissant de savoir au gré de sa fantaisie... Je suis d'humeur légère aujourd'hui. C'est que je ne suis pas seul. Natalie mêle ses pas aux miens.

Je feuillette ces livres, avec le vain espoir de trouver un signe de lui. Rien et pourtant quelque chose. Je suis certain qu'il aurait aimé *Comment Wang-Fô fut sauvé*, le conte de Yourcenar qui commence le recueil de nouvelles. Il se serait peut-être reconnu dans ce vieux peintre qui traversait la vie peu chargé, car il préférait aux choses elles-mêmes l'image des choses. Il aurait goûté « l'exquise roseur des taches de vin parsemant les nappes comme des pétales fanés ». Sautant de Yourcenar à Jules Renard, je tombe sur ces notations animalières qui à l'évidence auraient réjoui mon père, le crabe, « galet qui marche », l'oiseau enveloppé de brumes, « comme s'il rapportait des morceaux d'un nuage déchiré à coups de bec ». N'est-ce pas là le héron au long bec locataire des marais voisins et de mon gros livre de fables à la couverture déchirée ? Et cette notation qui me glace dans le silence de la maison : « Que de gens ont voulu se suicider, et se sont contentés de déchirer leur photographie ! » Ici les photos de mon père sont intactes, bandes empoussiérées — et comme vernissées — de photomatons qui ont attrapé son regard visiblement surpris par le déclenchement du flash, tantôt fuyant, tantôt avenant, disparu de toute façon.

Avant de partir, de tout refermer, de découvrir sous un auvent de tôle une cartouchière et d'anciens bas rouges à rayures blanches du temps où il jouait défenseur, avant de remarquer dans son ancien cabinet une chatière découpée dans le volet, si grande qu'elle était faite pour ses chiens, avant de constater que sur sa table de travail une petite horloge continue de concasser les secondes, avant de dire au revoir, avant tout cela, saisissant un tournevis, ôtant délicatement les quatre capuchons de cuivre, j'ai enlevé sa plaque de masseur-kinési-thérapeute, j'ai tourné la page après l'avoir bien relue, son nom, le mien, vert-de-gris, et dessous, dans le bois resté blanc, est apparue comme une petite flamme de rouille, pareille à un feu follet, que j'ai voulu effacer avec le doigt mais qui est restée là vaillante et froide.

Chez moi j'ai nettoyé chaque coureur de métal, l'ai appelé par son nom, et j'ai disposé ce peloton surgi du passé sur le bois de ma cheminée, meute silencieuse mais essaim bourdonnant dans ma tête, où se mêle la voix de mon père : « Qui gagne ? »

Je ne sais pas bien ce que nous ferons de sa plaque, mes frères et moi.
Je croyais qu'il avait dû lui-même la dévisser. Et c'est moi qui me suis retrouvé à effacer le nom

qu'il m'avait donné. J'entends ce nom qui résonne comme la première fois. Au tout début, quand on me demandait comment je m'appelais, je marquais une hésitation. J'étais gêné et fier à la fois, fier de ce nom et gêné à l'idée qu'une voix puisse s'élever pour crier : Menteur !

28

Je ne m'y étais jamais arrêté. Je passais rapidement, détournant les yeux, regardant tout de
même d'un coup d'œil furtif, toujours en roulant.
Cette fois, au retour de La Rochelle, seul en voiture, j'ai pris la direction du parking où mon père
s'est tué. J'ai gravi la petite côte, interrogé les
lieux, le silence d'un soir d'été tranquille. Quasi-
ment aucune circulation. J'ai arrêté le moteur à
mi-pente. A-t-il regardé autour de lui ? Vu l'an-
tenne Assedic juste en face ? Ou n'a-t-il rien vu de
tout cela, absorbé par son geste minutieux, par
l'obsession de ne pas se manquer, lui qui avait tout
organisé, un papier déplié près de lui avec un
numéro à appeler pour prévenir que tout était fini.

Dire que c'était un accident de voiture, comme
il l'a suggéré dans un de ses courriers ? Je n'y avais
jamais pensé. Tout finit comme tout a commencé,
ou presque. Pendant l'hiver 1968, Jacqueline, la
meilleure amie de ma mère, m'emmenait dans son

auto passer des vacances chez ses parents à Barbezieux. Au carrefour dit des Quatre-Pavillons, une auto nous refusa la priorité et ce fut l'accident qui manqua coûter la vie à Jacqueline, une véritable sœur pour maman. Fracture du bassin, jambes cassées, brûlures, longue immobilisation, Jacqueline entre la vie et la mort. Je m'en tirai avec une jambe légèrement abîmée, trois fois rien, coincé au milieu de la ferraille. Plus tard, Jacqueline refit surface. Peu à peu elle retrouva l'usage de ses membres, se mit à marcher doucement, difficilement, puis de mieux en mieux. Après une série d'opérations aux réveils douloureux, elle avait été placée entre les mains d'un jeune kinési de Bordeaux, un pied-noir qui s'appelait Michel Fottorino. Un jour elle dit à ma mère que ce jeune kinési était très bien, sympathique, chaleureux, beau garçon aussi... Que serait-il advenu de nous, papa, sans cet accident où j'étais là comme simple figurant, avant que tu ne me donnes le premier rôle, celui du fils sauvé des tôles.

J'ai remis le contact. Je crois que je ne m'arrêterai plus là, c'est inutile. Non, il n'est pas mort d'un accident de voiture. Mon père conduisait très bien, avec calme et assurance. Je me souviens qu'il connaissait certaines routes par cœur et que la nuit, avant les intersections, il éteignait ses feux pour voir si d'autres voitures arrivaient sur les côtés. Si aucune lumière ne filtrait, il roulait de plus belle, et on restait ainsi quelques instants suspendus dans le noir. Sans doute était-ce imprudent, mais c'est ainsi qu'il sentait la route, à la belle étoile, imitant sans doute son père dans ses longues virées d'antan, au plus profond des pistes du Sud tunisien, tous phares éteints pour échapper aux tirs d'hommes embusqués.

29

Un soir tard après dîner, Nicole m'a donné les deux vélos de course de mon père. L'un, couleur vermeil, m'a appartenu autrefois. Je reconnais la selle, les pédales avec cale-pieds et courroies de cuir, le guidon large pour ouvrir la cage thoracique. Les tubes du guidon sont creux, c'est dangereux en cas de chute. Des bouchons de saint-émilion feront l'affaire pour obturer les trous. L'autre vélo, je ne le connais pas. Il est plus moderne, mieux équipé, pneus fins, selle neuve, pédales automatiques, couleur bleu nuit. C'est sur celui-ci qu'il a circulé jusqu'à la fin, jusqu'à perdre haleine, jetant toutes ses forces dans le vent et les kilomètres avec peut-être l'espoir que son cœur décrocherait naturellement. Une belle mort, comme il le disait des marins qui disparaissaient en mer. Mais il avait le cœur trop bien accroché. Je me retrouve dans la nuit avec ces deux montures, pour un peu je leur parlerais, je leur promettrais de veiller sur elles, de les emmener rouler. Je me sens ridicule, gauche et désarmé avec ces vélos qui ne connaissaient que lui, ses mains, son souffle, sa manière de pédaler. Pour l'instant je les laisse dans mon garage, sans y toucher. Je les ai appuyés l'un contre l'autre, près de mon vélo de piste, fantassins d'une armée morte, prêts à revivre pourtant.

Dans l'obscurité d'une fin de soirée, l'éclairage électrique introuvable dans le garage à vélo, Nicole m'a remis une chemise remplie de documents ayant appartenu à mon père. Passeport (vierge de tout déplacement à l'étranger : il ne dépassait guère les limites du canton, ou si rarement. Il n'était venu qu'une fois nous voir à Paris, pour la naissance de Zoé...), certificat de groupe sanguin en date de 1969, délivré par un laboratoire des Allées de Tourny à Bordeaux (sur la photo agrafée, je reconnais le jeune homme qui m'a adopté, c'est bien lui, je ne l'avais plus revu sous ces traits-là, joues creuses, allure de chat maigre, sourire dans le regard et sur les lèvres, on pouvait encore sourire en ce temps-là sur les papiers officiels), photomatons plus récents, air jovial, chemise à carreaux ouverte sur un sweat-shirt bleu pâle, autres photos, inacceptables sur des papiers officiels, à cause de son air goguenard, du style à qui on ne la fait pas...

Parmi tous ces documents, une pièce d'une autre époque, papier jauni dans un carton léger au format de passeport, avec son nom en capitales d'imprimerie, tracé à la plume sergent-major. C'est écrit :

Ministère de la Guerre. Livret militaire. Classe 1957.

Jamais vu, jamais lu, seulement entendu parler par mes tantes de sa guerre d'Algérie, d'un acte héroïque sur lequel il resta discret toute sa vie. Je feuillette le livret, le papier dégage une odeur très ancienne. Écritures illisibles d'officiers supérieurs. Surnagent des noms de villes, Nîmes, Fréjus, Tunis, Dax Landes, route d'Ysosse, villa Jeanne. Puis ces mentions : Incorporé 3e hussards ; spécialisation blindé ; régiment d'infanterie coloniale du Maroc, caserne de Reuilly. Médaille commémorative des opérations de sécurité et de maintien de l'ordre en AFN (Afrique du Nord). Quelques lignes d'une citation militaire : « Le 7 juin 1958 dans la région sud-est du djebel Tagma, a été volontaire pour pénétrer dans des galeries souterraines profondes, occupées par les rebelles et infestées d'oxyde de carbone. Ne s'est replié que lorsque ses forces l'abandonnèrent, donnant encore une fois la preuve de son courage et de son sang-froid. » Un général commandant la zone ouest de l'Oranais et exerçant les pouvoirs civils dans la région de Tlemcen attribue officiellement au deuxième classe Fottorino la « croix de la Valeur militaire » avec étoile de bronze. Je me souviens qu'un jour, apprenant que le nouveau champion de France cycliste, Marcel Tinazzi, était de Tlemcen, il avait prononcé ce nom joyeusement, comme un coup de cymbale venu de sa jeunesse qu'il avait fait résonner entre ses dents. Tlemcen! Ce nom, évidemment, m'était inconnu. Mais de ses faits d'armes, il s'était bien gardé de parler. Par modestie autant que par écœurement, lui que cette guerre avait fait basculer, avec les années, du côté des antimilitaristes. J'avais eu l'écho de sa mission dans des grottes emplies de gaz toxiques. Il s'y était évanoui et il avait fallu l'en retirer d'extrême urgence. Je me demande aujourd'hui s'il ne s'était pas porté volontaire dans ces gouffres pour en finir une bonne fois, à vingt ans. Près de cinquante ans plus tard, il a écrit qu'il avait un rendez-vous de longue date avec cette mort-là. L'avait-il contracté dans les galeries souterraines du djebel Tagma? Je me souviens que dans les années 1970, la chanson de Serge Lama sur l'Algérie (« même avec un fusil / c'était un beau pays ») l'insupportait, lui qui n'avait pas eu l'impression de «jouer les p'tits soldats». Sous mes yeux, plus léger, un avis de permission pour le jeune homme de troupe, vingt et un jours de Nedroma (Algérie) à Dax (Landes) chez ses parents exilés de Tunisie, signé le 20 février 1960 par le lieutenant-colonel de Gouvion-Saint-Cyr, régiment d'infanterie des chars de marine. Ce titre donne droit au tarif militaire sur les chemins de fer, en deuxième classe seulement.

20 février 1960. Je pourrais imaginer qu'il était parti retrouver ma mère enceinte de moi qui allais naître le 26 août de la même année. Ce serait un beau roman. Je reconstitue le puzzle imaginaire

des sentiments. Il lui aurait même demandé de tenir encore un peu jusqu'au 30 août, date de son anniversaire. Mais je divague. En février 1960, future fille mère, maman avait été envoyée dans les montagnes des Alpes-Maritimes chez de lointains cousins pour cacher son malheur. Mon père juif du Maroc avait été éloigné. Et Michel, mon futur père, n'avait jamais entendu parler de cette jeune fille, occupé déjà, qui sait, par l'idée de mourir.

30

Je suis en famille dans le grand salon de ma
tante Zoune, sa sœur, et de son mari André, les
supporters de mon adolescence cycliste et les gué-
risseurs de quelques bobos à l'âme, l'année de mes
dix-sept ans, quand l'idée s'était enfoncée en moi
qu'une maladie grave allait m'emporter sans tarder.
Je regarde leur immense bibliothèque en bois
foncé qui occupe tout un mur jusqu'au plafond.
Des romans, des textes de philosophie, des essais
de Jacques Ellul sur la société technicienne, des
traités sur le vin et ses arômes, sur l'Italie classique. C'est ici, dans cette pièce, puisant parmi ces
ouvrages rangés au petit bonheur, que j'ai vraiment appris à lire. Mon père et moi on ne se parlait plus. Il était impuissant face à ma névrose qui
me fit un matin gifler mon bol rempli de chocolat
brûlant, dont le contenu vola à travers la cuisine.
De cet épisode très sombre que fait remonter à la
surface celui, plus sombre encore, de sa mort, je
garde certaines phrases de mon père quand il ten-

tait de me redonner goût à la vie. Je me souviens qu'à mes obsessions funestes il opposait son propre élan vital et sa confiance dans le corps humain. « Il en faut beaucoup, tu sais, pour le faire mourir. C'est une mécanique incroyable, tellement bien faite pour résister. » Lui, il lui a fallu une balle pour en venir à bout, et bêtement je le revois avec son chien : Cherche la balle, cherche — et finalement, papa, c'est toi qui l'as trouvée.

Je pense à cette expression : le chien du fusil.

Nous sommes dans le salon de Zoune et André, mon frère François a baissé la lumière car il a retrouvé des films en super 8 que nous croyions perdus, j'en ai tourné la plupart, de petites galettes jaunes. On écoute le moteur du projecteur, la bande à l'extrémité biseautée s'engage dans son circuit dentelé, clac-clac-clac, les indications écrites au feutre ne correspondent pas forcément aux images, nous sommes en 1972, 1973, 1974. Nous sommes jeunes, des enfants. Chacun y va de son commentaire, une image ressuscite un souvenir, puis on se tait car mon père vient d'apparaître à l'écran, en habit léger, pantalon de toile pas même tenu par une ceinture, ventre plat, svelte, clin d'œil malicieux à la caméra. Derrière la caméra il y a moi. Ces scènes existent sur ma rétine, quelque part, les voilà qui ressurgissent, super 8 muet, couleurs un peu passées, une autre vie, nous la redécouvrons le souffle suspendu. Il manque certains films. Je pense à celui où il shoote dans un ballon de rugby sur la plage de Pontaillac, l'été 1976 peut-être. Il est torse nu, en maillot, j'entends encore le coup de pied sourd dans le cuir du ballon. Ses empreintes dans le sable. Je crois que mon père était de ces êtres qui laissent très peu de traces derrière eux. Le temps menace de les dissoudre au point que, plus tard, on pourrait douter qu'ils ont existé un jour. Ces lignes serviront de sauf-conduit pour qui voudrait tenter de remonter jusqu'à lui. Je l'imagine en Indien Nez-Percé chevauchant un appaloosa à robe palomino, comme dans les westerns d'antan, et prenant soin de ne laisser dans son sillage qu'une illusion, un mirage souriant, une buée impénétrable et transparente, trois fois rien. Les jours se creusent, le coup de carabine me parvient de plus en plus étouffé. Je n'accepte pas cette fin. Quand leurs chiens vieillissaient, papa et André rigolaient à propos des places chaudes qu'ils trouvaient à la chasse. Leurs clebs levaient le gibier trop tôt et quand les maîtres arrivaient, ils devaient constater dépités que les oiseaux s'étaient envolés, laissant derrière eux les fameuses places chaudes. Papa a laissé sa place froide et il faudrait plus qu'un flair de pointer pour aller le débusquer là où il se trouve.

Avant de dormir j'ai ouvert au hasard le *Journal* de Jules Renard. Toujours au hasard je tombe sur cet aveu : son père s'est tué d'un coup de fusil dans la bouche. Est-ce bien le hasard ? Je continue, incrédule : « Il ne nous a pas donné un spectacle de décrépitude, de sorte qu'il me paraît s'être tué en pleine force, plus fort que moi. » Et, plus loin : « Il s'est tué non parce qu'il souffrait trop, mais parce qu'il ne voulait vivre qu'en bonne santé. » Et enfin : « Petite cartouche vide qui me regarde comme un œil crevé. »

Je referme ce livre, anéanti.

31

Aurais-je pu l'empêcher ? Je crois que cette question me taraudera toujours.

Un soir de décembre 2007, nous marchons côte à côte dans le noir. L'église de Charron accueille un concert de musique classique où ma fille Elsa joue au piano. Avec Natalie nous sommes descendus spécialement à La Rochelle, ce vendredi d'hiver. J'ai fait signe à mon père et à Nicole. J'ai dit qu'ensuite on irait au restaurant. Papa s'est inquiété, je comprends qu'il est léger d'argent et d'ailleurs, un mois plus tôt, pour la première fois de sa vie, il m'a demandé une somme qu'il sait ne pas pouvoir me rembourser. Je l'ai rassuré, tout cela peut attendre, ce n'est pas un problème, et si nous dînons chez Chocolat, le restaurant du village, je réglerai la note sans qu'il ait à se faire de mouron. Finalement, Natalie s'est arrangée avec les commerçants d'Esnandes : après le concert, des plats nous seront livrés à la maison — fougasses, moules et soupe de poisson, qui réjouiront tous les convives. Papa a été soulagé de l'apprendre. Mais maintenant nous marchons côte à côte et déjà se découpe dans l'obscurité le clocher de l'église de Charron. Nicole et Natalie marchent derrière, les enfants courent devant. Papa soudain me serre comme un coureur qui joue des coudes avant la ligne d'arrivée. Il presse le pas. Je ne comprends pas aussitôt ce qui se passe. Pourquoi cette fébrilité soudaine ? Nous sommes épaule contre épaule et là il me souffle, inquiet, qu'il compte sur moi pour payer les places du concert. Je le rassure, il n'a pas à se soucier de ça, je souffre pour lui et en même temps je lui en veux de s'être mis dans une situation où il est absolument démuni, dépendant, forcément déprimé. Dans moins de trois mois, il aura trouvé une solution définitive.

Aurais-je pu l'empêcher ? Quand il m'a demandé de l'aide, je la lui ai apportée sans m'appesantir. Je devinais qu'il était dans la dèche, Nicole subvenait à tous ses besoins courants depuis qu'il n'exerçait plus. Il ne percevait pas de minimum vieillesse, pour cela il aurait fallu qu'il accomplisse des démarches, qu'il remplisse des papiers. André, le mari de Zoune, grâce à l'aide de sa nièce, avait obtenu qu'il perçoive enfin une somme régulière. Quel soulagement ! Mais c'était le jour du drame, et mon père n'en sut rien.

Huit jours avant son geste fatal, nous étions descendus à La Rochelle et il était venu déjeuner chez nous. Au téléphone il m'avait redit, gêné, qu'il ne pouvait me rembourser. Je lui avais répondu que c'était sans importance. J'étais bien décidé à aborder le sujet avec lui, en trouvant un moment où nous serions en tête à tête. Je voulais lui proposer de l'aider un peu chaque mois, mais comment prendrait-il mon offre, lui qui avait dû s'écorcher la bouche pour finir par me demander une fois de l'argent. J'avais prévenu mon frère François et aussi Natalie de mon intention. Au jour J, il arriva tout sourire, respirant une telle bonne humeur, une telle joie de vivre, que l'occasion ne se présenta pas d'aborder ce sujet si délicat puisqu'il en allait de son orgueil. Des amis étaient venus déjeuner avec nous. La conversation avait tourné autour des vieux en maison de retraite, des fins de vie plus ou moins heureuses des personnes âgées. Avec le recul, cette discussion m'apparaît profondément troublante, même si j'en ai oublié les termes exacts. Nous avions mis sur la table tous les arguments défavorables à ces mouroirs à petit feu. Mon père avait alimenté ce moulin, sans s'étendre. Il avait une allure resplendissante. « Il va bien ! » avais-je dit enthousiaste à mon jeune frère. « Il va trop bien », m'avait répondu François, pensif. Nous sommes rentrés à Paris, je n'avais pas parlé à mon père. Il avait parfaitement donné le change, bravo l'artiste. Nous nous sommes embrassés. C'était la dernière fois. Je ne le savais pas. Lui si.

Aurais-je pu l'empêcher? Tous mes proches, ma famille, mes amis, me disent «non». Au fond de moi, je crois que «oui», et c'est horrible de vivre avec cette pensée. Je me dis que si je m'étais montré plus spontanément généreux, plus insistant pour l'aider, malgré sa répugnance à l'être, il aurait peut-être différé son geste, et là-dessus le versement d'une retraite serait venu le dissuader d'en finir ainsi. À quoi bon se le dire? Je me le dis pourtant. Ce que j'éprouve n'a pas vraiment de nom, de nom connu. Quelque chose de moi s'est détaché et flotte dans l'air, invisible et pourtant consistant. Je me sens triste sans tristesse, seul sans solitude, heureux sans joie.

32

Sans doute ai-je trop prêté à l'écriture. Par elle
j'espérais descendre au fond de ton gouffre. Je
croyais pouvoir éclairer cette obscure volonté de
mourir qui t'habitait. Me voici au bout du voyage
et je dois me l'avouer : je n'ai rien éludé, rien élu-
cidé non plus.

L'amour que je te porte à jamais est à la mesure
de ma colère face à ce geste qui fait de moi un
vivant à petit feu. Cet égoïste d'écrivain que je suis
a vu disparaître son meilleur personnage.

Il aurait fallu parler ensemble. Depuis longtemps on ne parlait plus, ce qui s'appelle parler.
On évitait ce qui aurait pu créer des tensions, de
l'incompréhension. On restait en surface, là où
ça ne risquait rien. On commentait le temps qu'il
faisait, pas le temps qui nous éloignait. À la fin de
mon adolescence, on s'était affrontés çà et là, sur
la peine de mort — tu étais pour, moi contre —,
ou à propos de tes accès d'autorité qui me révol-
taient parfois. Tout n'était pas lisse, et d'ailleurs

vous aviez fini par vous séparer, toi et maman. Tu étais mon héros avec ses failles, d'autant plus attachant que rongé en secret par d'impénétrables démons.

Je me demande si je t'ai vraiment connu, si je t'ai vraiment compris. D'où a surgi cette mort ? D'une auto familiale qui part sans toi vers Gafsa ? Du djebel Tagma et de ses fumées toxiques ? De cette tête roulée dans une couverture ? D'autres blessures invisibles et profondes ? Il y a tout ce qu'on s'est dit, et tous ces silences qui nous attachaient solidement l'un à l'autre. On s'est protégés, toi par ce que tu m'as donné, moi par ce que j'ai renoncé à te demander. Bien sûr, tes mains mises au rancart, les douleurs des autres que tu ne pouvais plus soulager, tes difficultés matérielles : il y avait là de quoi sombrer dans un trou noir. Mais est-ce cela, au fond, ou autre chose que tu as gardé pour toi, une souffrance muette restée inviolée ? Ta part obscure que je respecte. Que j'aurais aimé cerner pour la détruire à force d'amour.

Épilogue

30 août 2008. Aujourd'hui tu as eu soixante et onze ans. Tu aurais eu, il faut dire maintenant. Je me suis levé très tôt, réveillé par un grand soleil éclatant dans le ciel bleu. Bon anniversaire papa, quelque part dans la lumière de ce beau jour, «soleil je t'aime» chante Françoise Hardy sur le disque que Natalie m'a offert pour mon anniversaire. Je pense à nos dates de naissance. Le 26 août pour moi et aussi pour François, le 30 pour toi. Comme si nos anniversaires annonçaient le tien, comme si la naissance de François, dix ans jour pour jour après moi, avait validé la mienne. C'est un temps superbe pour pédaler. Je suis parti à travers bois puis le long de la Seine. Je te parle. Je pense à toi. Tu es partout. Aujourd'hui je vais appeler Zoune dont je devine qu'elle doit retenir ses larmes, qu'elle doit battre la campagne pour te chercher. Je vais appeler Nicole qui se souvient que tous les ans ce jour-là le téléphone sonnait pour te souhaiter un bon anniversaire. Hier je péda-

lais dans Paris avec une bicyclette qui t'aurait émerveillé, un petit vélo que je plie en quatre, de marque anglaise (et tu aurais dû admettre que ces « couillons d'Anglais qui roulent à gauche et mesurent en pouces » ont parfois du génie), je pédalais à travers les rues après avoir dit adieu à notre ami et confrère du *Monde*, Emmanuel de Roux. C'était une journée grise et nous étions tous gris et vieux soudain à pleurer ce grand frère de plume qui t'aurait bien plu par son côté bloc de granit en marche, voix douce et œil rieur, pas monsieur pour un sou. Quand nous sommes sortis de l'église de Saint-Germain-des-Prés où résonnait la chanson de Brassens *Supplique pour être enterré à la plage de Sète* (« La camarde qui ne m'a jamais pardonné / d'avoir semé des fleurs dans les trous de son nez »), soudain le soleil nous a inondés de son éblouissante douceur, et mes pensées pour Emmanuel se sont mêlées à mes pensées pour toi qui me faisais signe dans cette lumière et cette blancheur d'Afrique du Nord dont resplendissait Saint-Germain. J'ai déplié mon petit vélo et je suis reparti le cœur plus léger, mon œil se fixant un peu trop souvent sur les enseignes des pompes funèbres, mais ça va passer. Ça va passer.

Novembre. Je suis retourné quelques jours à La Rochelle. La fête des morts. C'est ta fête chaque jour, car pas un jour ne passe sans que je pense à toi. Pour un rien, une odeur de crêpes dans la rue, un résultat de foot, la *Marseillaise* sifflée du match

France-Tunisie (l'incident t'aurait indigné). À cause d'une épaule qui me fait souffrir depuis la fin de l'été. Je devrais consulter mais j'ai l'impression bizarre que toi seul pourrais me dire comment dissiper cette douleur, alors j'attends que ça passe tout seul, je te parle, j'entends ta voix : peut-être une élongation. Cet élancement près de la clavicule — un mot qui signifie petite clé —, c'est une manière aussi de te garder tout près, de me dire que si tu étais là, tu saurais t'y prendre avec ce mal qui attend le crépuscule pour s'apaiser un peu. Tu trouverais la petite clé.

Un soir j'ai regardé à la télévision *Tous les matins du monde*, Depardieu père et fils sous les traits jeunes puis mûrs de Marin Marais. J'avais vu ce film au cinéma dès sa sortie, mais cette fois il résonnait autrement avec la mort de Guillaume Depardieu. Là, c'est le père qui a survécu à son fils, l'inverse de nous, papa. Et ces phrases dites en voix off m'ont tenu en éveil : tous les matins du monde sont sans retour, tous les jours sont le même jour, tous les froids le même froid (écrivant les froids, j'entends l'effroi, je pense aussi à un graffiti sur le mur de la maison d'Erik Satie à Honfleur : « Je vis dans un placard au coin de mon froid »). La nuit suivante, j'ai fait un rêve curieux qui m'a accompagné la journée entière et encore les jours suivants, moi qui ne me souviens jamais de ces images nocturnes. Tu étais revenu à la maison, tu riais et maman aussi, vous riiez tous les deux, je ne sais

161

pas de quoi. Vous étiez jeunes. C'était donc avant? Avant votre séparation? Ou la vie qui recommençait. Sur une table il y avait un livret de cuir noir, rigide, de forme carrée et, en l'ouvrant, je voyais mon nom, Éric Chabrerie. Je ne sais pas quel message m'envoyait mon inconscient et je n'ai guère envie de m'appesantir. Je garde seulement en tête vos sourires, le tien, votre jeunesse, le sortilège du temps qui passe et qui s'emmêle, bien malin qui saurait le démêler.

Ce matin sur le chemin de la mer, il pleuvait. Nous marchions sous le crachin, Natalie et moi. Zoé pédalait devant, petite tache orange de son imperméable, boucles s'échappant du casque jaune. Parvenus devant une cabane de pêcheur, nous avons laissé un vieil homme démarrer son antique 4L. La pluie mouchetait mes lunettes et le pare-brise de son auto. J'ai pourtant aperçu son visage et surtout son sourire. Un sourire de guingois, un trait trop large et bancal, comme une plaie sur la figure, une disgrâce. Il avait peut-être soixante-quinze ans ou davantage. Il avait un faux air de toi. L'air que tu aurais eu si tu avais laissé les années t'attaquer, s'en prendre à ton air intense et minéral de beau ténébreux. Après ton attaque cérébrale, une partie de ton visage s'était figée, ton sourire s'était raidi. À force de rééducation, tu avais récupéré toute ta mobilité, y compris tes mimiques faciales. C'était seulement les soirs de grande fatigue que tes traits se tiraient, que ton sourire s'écroulait en un précipice. Le vieil homme nous a adressé un regard furtif et c'était toi qui passais, toi tel que jamais tu n'aurais voulu te montrer à nous, diminué, défait, en ombre chamboulée de l'éternel jeune homme qui aimait trop la vie pour la laisser se réduire à petit feu. Je te revois une dernière fois frapper dans tes mains quand tu étais pressé de filer. Comme en Afrique tu demandais la route, une fois, deux fois, « allez, je vais y aller », et c'était parti. Cette fois tu as filé pour de bon. Au revoir papa, salut, pas adieu, on risquerait de se manquer.

DU MÊME AUTEUR

Aux Éditions Gallimard

CARESSE DE ROUGE, 2004, prix François-Mauriac 2004 (Folio n° 4249)

KORSAKOV, 2004, prix Roman France Télévisions 2004, prix des Libraires 2005 (Folio n° 4333)

PETIT ÉLOGE DE LA BICYCLETTE, 2007 (Folio 2 € n° 4619)

BAISERS DE CINÉMA, 2007, prix Femina 2007 (Folio n° 4796)

L'HOMME QUI M'AIMAIT TOUT BAS, 2009

Grand Prix des Lectrices de ELLE 2010 (Folio n° 5133)

QUESTIONS À MON PÈRE, 2010 (Folio n° 5318)

LE DOS CRAWLÉ, 2011

MON TOUR DU « MONDE », 2012

Aux Éditions Gallimard Loisirs

LE TIERS SAUVAGE. Un littoral pour demain, *préface d'Érik Orsenna, photographies par Aldo Soares*, ouvrage publié avec le concours du Conservatoire du littoral - Fondation Électricité de France, 2005

MARÉE BASSE, avec Éric Guillemot, 2006

Aux Éditions Stock

LES ÉPHÉMÈRES, 1994

AVENTURES INDUSTRIELLES, 1996

CŒUR D'AFRIQUE, 1997 (Folio n° 5365)

VOYAGE AU CENTRE DU CERVEAU, 1998

NORDESTE, 1999 (Folio n° 4717)

UN TERRITOIRE FRAGILE, 2000 (Folio n° 4856)

JE PARS DEMAIN, 2001 (Folio n° 5258)

Chez d'autres éditeurs

LE FESTIN DE LA TERRE, *Lieu Commun*, 1988

LES ANNÉES FOLLES DES MATIÈRES PREMIÈRES, *Hatier*, 1988

LA FRANCE EN FRICHE, *Lieu Commun*, 1989

LA PISTE BLANCHE, *Balland*, 1991

ROCHELLE, *Fayard*, 1991 (Folio n° 4179)

MOI AUSSI JE ME SOUVIENS, *Balland*, 1992

BESOIN D'AFRIQUE, avec Christophe Guillemin et Érik Orsenna, *Fayard*, 1992

L'HOMME DE TERRE, *Fayard*, 1993

C'ÉTAIT AILLEURS, avec Hans Silvester, *La Martinière*, 2006

LA FRANCE VUE DU TOUR, avec Jacques Augendre, *Solar*, 2007

PARIS PLAGES : DE 1910 À AUJOURD'HUI, *Hoëbeke*, 2010

FEMMES ÉTERNELLES, avec les photographies d'Olivier Martel, *Philippe Rey*, 2011

COLLECTION FOLIO

Dernières parutions

Composition Graphic Hainaut
Impression Novoprint
à Barcelone, le 7 février 2018
Dépôt légal : février 2018
1er dépôt légal dans la collection : octobre 2010

ISBN 978-2-07-043784-9./Imprimé en Espagne.